LE SOIR DU CHIEN

Marie-Hélène Lafon, née dans une famille de paysans, a étudié les lettres classiques à la Sorbonne avant de devenir professeur agrégé de grammaire à Paris. Elle commence à écrire à trente-quatre ans. Son premier roman, *Le Soir du chien*, est récompensé par le prix Renaudot des lycéens en 2001. Elle écrit par la suite de nombreux romans, et reçoit le prix Renaudot en 2020 pour son roman *Histoire du fils*. Tous ses romans sont publiés chez Buchet/Chastel.

Paru au Livre de Poche :

Les Sources

MARIE-HÉLÈNE LAFON

Le Soir du chien

ROMAN

BUCHET/CHASTEL

ISBN : 978-2-253-90799-2 – 1re publication LGF

À Agnès

« Dessin la main légère, formes de l'ombre. »

Pierre BONNARD.
9 novembre 1930.

Elle portait des mitaines et surveillait d'un œil distrait ses deux sœurs en maillot de laine rose. Elle lisait. En noir, dans le soleil, elle lisait. Les autres, autour d'elle, étaient presque nus, insolents de peau ; ils riaient, criaient dans la grande lumière de l'été.

Elle n'achetait pas de livres ; elle les empruntait à la bibliothèque. Deux fois par mois, ici, le bibliobus bleu passait. Il s'arrêtait sur la place ; moquette à l'intérieur, grise ; un silence, et une odeur. La bibliothécaire et le chauffeur la connaissaient ; ils l'attendaient. « Ça, c'est pour vous, Marlène ; ça vous plaira ; je l'ai mis de côté pour vous. » La bibliothécaire l'appelait Marlène et ne pouvait pas savoir que son vrai prénom, c'était Marie-Hélène. Marlène avait toujours trouvé ça trop long, trop mou. « Ça dégouline, elle disait, ça me fait penser à de la confiture. » Je la cite ; je la cite très exactement. Elle avait une façon particulière de dire les choses, au plus près, au vif, au creux. Les mots venaient tout seuls dans sa bouche. Ils s'arrondissaient, se gonflaient, roulaient, glissaient. Ils étaient bien. Comme moi, quand elle.

Son prénom, le vrai, Marie-Hélène, je l'ai su la première fois que je suis allé chez sa mère. Sa mère et ses sœurs, les deux, l'appelaient Marie ou Hélène. Pas d'homme dans la maison ; j'aimais ça. Des femmes, blondes, blanches, claires, longues ; ses sœurs, les deux, très jeunes, onze ou douze ans, des jumelles, les seins déjà perchés, en fruits neufs. Jusqu'à la grand-mère, la mère de sa mère, qui était encore belle femme, fière. Sa grand-mère l'appelait Marie-Hélène ; elle était la seule ; c'était elle qui avait voulu le prénom ; elle l'avait élevée. Elles s'y retrouvaient toutes dans les prénoms.

Elle lisait. J'ai toujours pensé qu'elle plaisait à la bibliothécaire. La bibliothécaire était demoiselle, jeune et pâle, doucement blonde. Elle ne savait pas qu'elle aurait pu aimer les femmes. Elle avait peur de moi. Je la gênais, si je montais dans le camion avec Marlène, si je restais trop près de son bureau, pour feuilleter les revues ou les nouveautés. Je n'empruntais jamais rien pour moi. Ma carte servait pour Marlène. Si je restais trop longtemps près de la bibliothécaire, elle se levait ; comme si elle avait à faire ailleurs, dans le camion, du côté des enfants, où il fallait toujours ranger ceci ou cela. Elle se mettait à l'abri. Je la suivais des yeux; je la perçais. Le soir, avec Marlène, on en riait. Gentiment. On n'était pas féroces. La bibliothécaire s'appelait Aude Cadou. C'est un joli nom.

« Tu sens trop l'amour; tu fais sexe; c'est ça qui la gêne. Tu la regardes, et c'est comme si tu lui disais: on vient de faire l'amour, elle et moi; moi, et elle, en plein jour. Vous travaillez, vous; les autres travaillent; les hommes avec les bêtes ou les machines, dans les étables, dans les prés; les enfants à l'école; les femmes dans les maisons. Les gens et les choses ont une place. Nous, notre place, c'est de faire l'amour, en plein jour, et ensuite de venir chercher des livres dans votre bibliobus; des livres pour elle; c'est notre vie. »

Pour les livres, elle avait voulu une table dans la chambre, à la croisée des fenêtres. Elle l'appelait son établi. La chambre était grande. Elle restait assise dans la lumière, pendant des heures, la tête dans les mains, fourrageant dans ses cheveux qu'elle avait lourds, denses, annelés, parfumés; une vraie crinière de femelle fauve, à mordre, à caresser. Elle était assise; ses pieds et ses mains bougeaient; son pied droit cambré, posé sur le pied gauche; parfois, il se dressait, prenait appui sur le bout des orteils. Moi, j'attendais. Plus tard, je lui demandais de me faire la lecture. Elle lisait comme elle aurait parlé, ou elle parlait comme elle aurait lu. Je ne savais pas toujours très bien la différence, et elle non plus.

Elle ne faisait jamais de commentaires. C'était comme ça. Elle n'avait pas été une bonne élève. Elle avait détesté l'école, et les explications, et la pesanteur des autres, et le monde donné à comprendre. Elle se moquait de comprendre. Elle ne voulait pas. Elle était très seule. Quand elle lisait, je restais là, souvent, sans rien faire. Je la regardais ; elle, et le feu, en hiver. Elle à contre-feu. Il suffisait de se placer au bon endroit. En arrivant dans la maison, j'avais peint les murs en blanc. Elle aimait les tissus, et elle avait habillé, c'était son mot, elle avait habillé les fenêtres, la table, de couleurs riches, charnues. Le lit était blanc ; les murs, nus ; le parquet aussi, très lisse, de peau blonde. J'avais beaucoup travaillé. C'était un endroit pour elle.

J'ai quitté la maison. Je n'aurais pas pu sans elle. Je n'y suis retourné qu'une fois. Il ne reste rien. Les choses, les objets sont partis. Nous en avions peu, elle et moi. Elle n'accumulait rien. Elle n'avait pas ces désirs. La maison était vide, mais la lumière était là, et le silence aussi, et la grande vue sur les pays tondus, à bout de ciel. On ne peut rien contre ça. J'ai pleuré. Je n'y retournerai pas. Ma mère peut la louer. Je le lui ai dit. C'est une bonne maison, une maison pour l'amour.

Le Soir du chien

La Bussinie, le 28 juin 1976

Chères toutes,

Merci pour votre dernière lettre. Je l'ai relue souvent ; je n'ai pas répondu tout de suite parce que, la semaine dernière, nous sommes montés nous installer ici, dans la maison d'en haut. Laurent a tout fait. Je suis assise à ma table ; les deux fenêtres sont ouvertes ; je suis dans le bleu ; pas le bleu de la mer, l'été, même depuis les falaises ; un autre bleu, qui échappe, très loin, là où le regard ne va pas. On ne peut pas le suivre. Laurent dit que la lumière mange tout ; elle dévore les pays.

Notre chambre est la meilleure pièce de la maison. Je vous ai dit que Laurent installait une salle de bains : je l'aime aussi beaucoup, à cause de la fenêtre. Je ne mettrai pas de rideau ; nous n'avons pas de voisins proches.

J'ai beaucoup cousu, à la main, ou avec la machine de la mère de Laurent. Je crois que tu serais contente, Mamie ; le travail est soigné. Tu n'aimerais pas les couleurs ; je n'ai pas pris de rose, ni de gris ; pas de tons pâles. Ce ne sont pas des couleurs pour ici ; ni de noir, rassure-toi.

La mère de Laurent montera demain : la maison est à elle ; elle y a vécu avec ses parents ; elle a grandi là, mais après son mariage, elle n'a plus voulu y habiter. Laurent dit que ce n'est pas à cause de son père; au contraire. Je ne sais pas; je n'ai jamais parlé de ça avec elle. De toute façon, elle ne parle pas beaucoup. Laurent pense que la maison, comme nous l'avons faite, lui plaira.

Depuis que je suis ici j'ai lu Battling le ténébreux *d'Alexandre Vialatte et* La Grande Peur dans la montagne *de Charles-Ferdinand Ramuz. La bibliothécaire les a choisis pour moi; elle savait déjà que nous allions quitter le bourg. Je ne le lui avais pas dit, et Laurent non plus; nous ne parlons que des livres; elle est très timide. Mais ici, les gens racontent tout. Elle m'a dit: «Ce sont des livres à lire sur une île.» Elle a raison.*

Écrivez-moi vite. Le facteur va bientôt passer. Il prendra ma lettre; ça allonge sa tournée de venir jusqu'ici, mais il est content. Il est du pays; il a connu la maison habitée par les grands-parents de Laurent, quand il était petit, et, pour lui, de nous voir là, Laurent et moi, c'est «un coup de jeunesse». Il me l'a dit le premier jour. Je vous embrasse.

M.

Dans le bibliobus, c'étaient surtout les enfants et les vieilles femmes qui empruntaient des livres. L'instituteur accompagnait les enfants; ça bourdonnait. Ils venaient entre 15h30 et 16h30, pour finir la journée de classe. Marlène et moi, on restait. On avait le temps. Ils nous amusaient. Ils appelaient la bibliothécaire Aude et le maître Jean-Luc. Tout son corps à elle, menu, mince, et blanc, et raide, disait le vouloir des enfants, ce désir-là, d'en avoir, d'en fabriquer. Elle les touchait, riait avec eux. Une souplesse, une chaleur la prenait toute, dans cette grande faim où elle était.

Après le départ des enfants, les femmes arrivaient ; les femmes vieilles, ou celles qui le devenaient. Les jeunes n'avaient pas le temps. Les femmes allaient seules, ou par groupes chuchotants, de deux ou trois têtes penchées, permanentées. Elles s'apprêtaient comme pour la messe, la messe d'un dimanche ordinaire, pas celle d'un enterrement ou des communions solennelles ; mais on n'allait pas au bibliobus comme à l'épicerie ou au camion du boucher-charcutier, en blouse et veste de grosse laine ; le bibliobus, c'était autre chose. Certaines femmes n'iraient jamais. Les livres étaient enveloppés dans un sac en plastique. Elles en prenaient soin. Elles faisaient peu de commentaires, se conseillaient entre elles à voix basse, et ne posaient pas de questions à Mlle Cadou, qui, d'ailleurs, d'un passage à l'autre, ne se souvenait pas de leurs noms. C'était curieux, chez une personne qui avait étudié, cette absence de mémoire. Il fallait pourtant lui rendre cette justice, qu'elle était toujours aimable ; et patiente, tendre, avec les enfants. On le savait ; ils le racontaient, les enfants, et que leurs prénoms à eux, elle les retenait tous dès la première fois.

Les femmes me connaissaient. J'étais le fils de la Thérèse. J'étais parti ; j'étais revenu. Elles ne s'étonnaient plus de me trouver là, et lançaient des coups d'œil obliques à Marlène. J'avais un métier, pourtant ; j'étais comme tout le monde. Mon père l'avait assez voulu, me mettre un métier entre les mains ; un électricien, ça trouve toujours du travail. Il suffit d'être courageux. Je l'étais ; on m'avait vu à l'œuvre ; plusieurs fois, dans les caves à fromages ou les vieilles étables ; on savait à quoi s'en tenir ; je pouvais travailler. Mais c'était cette fille. C'était pour elle que j'étais là, en plein après-midi, dans le camion des livres, planté comme un cierge, au lieu de gagner ma vie avec les autres hommes, les fils, les maris, les gendres, les frères. Le bibliobus n'était pas un endroit pour un homme ; et surtout pas pour un homme en pleine force. Elles savaient que j'étais là pour Marlène, pour cette fille au casque de cheveux drus et fauves, et elles lui en voulaient de cette puissance qu'elles n'avaient pas connue. Marlène ne les voyait pas. Elle avait choisi de ne pas les voir. Elle savait se défendre.

Les vieilles avaient des yeux de poule. Elles n'étaient pas méchantes. Elles avaient vécu autrement. Elles savaient comment il faut vivre. Elles le croyaient. Elles avaient tenu les maisons, de leurs mains diligentes et tôt usées ; tenu les maisons et élevé les enfants. Elles avaient dû compter avec l'homme et servir sous lui dans les travaux de la nuit. Quelques-unes avaient eu des amants, ou un amant, le même, longtemps ; les plus ardentes de ventre, sans doute ; ou les plus mal mariées ; ou celles qu'une mère n'avait pas dressées comme les autres, dressées à rester dans le rang, à y tenir sa place, sous le regard de tous et de chacun, reconnues et admises parce que semblables et conformes. Ma mère aurait pu me raconter les histoires des autres femmes. On s'en souvenait encore, mais on n'en parlait plus. Ça s'était élimé. On s'était habitué et on n'avait plus rien à en dire.

Les femmes qui n'aimaient pas Marlène avaient été comme les autres, vivant le jour et dormant la nuit. Et l'amour aussi, dans leur vie, les gestes de l'amour des corps avaient été affaire de nuit ; avec le mari en tout cas. Je me demandais souvent en les regardant dans le bibliobus, ou à l'épicerie ; Marlène n'allait jamais à l'épicerie ; je faisais les courses ; quand j'étais près d'elles, de leurs peaux, de leurs odeurs, de leurs vêtements, et de leurs corps défaits, partis déjà vers le rien, la terre froide, je me demandais souvent si elles l'avaient oubliée, celles du moins qui l'avaient connue, la puissante poussée des désirs de jour, de pleine lumière, des désirs debout. Je me le demandais et je souriais en dedans. On ne pose jamais ces questions ; et à qui.

On oublie peut-être. J'oublierai moi ; avec elle, j'oublierai. Fermes, ronds, courts et doux, des pieds d'enfant, lisses, elle avait. Je les prenais dans mes mains. Elle aimait ça. Les pieds des femmes vieillies qui chuchotent dans le bibliobus, ou les pieds blancs d'Aude Cadou, quelqu'un, un homme, les a-t-il jamais tenus dans ses mains, comme ça, avant, après, ou pour le seul plaisir d'être deux dans le silence ? Quelqu'un ? Quand, pour moi, la peau d'une femme aimée, sous mes mains, elle dans mes mains ?

Ici, les autres femmes sont cachées ; leurs corps sont cachés. Elles travaillent. Elles conduisent des voitures, des tracteurs ; elles sont dans les laiteries ; elles s'affairent, moites, dans les odeurs de petit-lait et de fromage. Elles sont dans les carrés de légumes, courbées, en pantalons informes, les mains terreuses, les reins gourds. Quand elles s'endimanchent, quelque chose de contraint, encore, demeure en elles, qui raidit le vêtement sur leurs corps étonnés d'être enfin absous de besognes. Je ne désire pas ces femmes. Je ne peux pas les désirer. Des hommes, les leurs, font avec elles les gestes de l'amour. Je n'imagine dans leurs vies rien d'autre que ces gestes et la satisfaction des désirs de l'âge. J'espère pour elles de la douceur ; je l'espère ; je ne la suppose pas ; il n'y a pas d'indices. Parfois, le petit miracle d'une robe choisie advient. La peau parle. Celles-là, je les surprends, furtives, aux détours d'un été. Il est court, ici, l'été. Mon regard les sait ; mais je ne peux pas. Je ne peux rien vouloir.

Aujourd'hui, elle est venue. Ils sont venus. Il est toujours avec elle. Elle ne vient jamais seule. Je crois qu'elle ne sait pas conduire. Elle a pris ce que j'avais préparé pour elle, Alphonse Boudard et Luis Sepulveda. Lui ne prend jamais rien. Je n'ose pas. Je suis sûre que Construire un feu *de Jack London lui plairait. Il l'attend. Il la regarde. Il est occupé d'elle.*

Je trouve que Jean-Luc est trop dur avec les enfants. Il ne les laisse pas choisir. Il faudra que je le lui dise. Mais c'est difficile. Avec lui, on n'a jamais le temps de parler. Il faut qu'on le fasse ; et sa langue ; et il bande encore après, tout de suite. Évidemment ; c'est bien. J'en ai envie. Souvent, dans la semaine, j'y pense ; j'en ai envie. Je pense au jeudi. Dès qu'il monte dans le camion, au milieu des enfants, je le vois ; il est prêt, tout de suite. Je lui fais beaucoup d'effet. Je me demande comment ; ça m'amuse ; ça ne m'était jamais arrivé ; comme ça ; à ce point-là. Il n'est pas amoureux ; moi non plus ; c'est pour se faire plaisir ; la baise, il dit. Il a d'autres femmes ; et la sienne, en plus. Quand elle est enceinte, surtout, il se multiplie, il se déploie, il se dépense, il se prodigue, il se répand, il suinte, il maigrit dans les lits des femmes ; ou dans les cuisines ; ou dans les voitures ; ou dans le camion. Il ne néglige rien. En tout cas, Marlène, il ne l'aura pas. Il dit, elle est en main ; il se demande ce qu'elle lui trouve à l'électricien. Il se retient ; il la regarde à peine ; juste assez pour être vexé qu'elle ne le voie pas, lui, le mâle, le Coq majuscule.

C'est un beau prénom, Laurent ; c'est très lisse. Ça caresse la bouche, du dedans. Il a des mains souples et longues, nerveuses ; je les imagine douces à l'intérieur, et patientes. Il se donne à elle. Les hommes ne sont pas comme ça ici. Jean-Luc, mon père, mon frère ne sont pas comme ça ; ils n'ont pas cette dévotion ; ils n'en sont pas capables ; ils auraient trop peur de s'humilier. Ils sont insuffisants ; ils font les choses petitement ; ils ne veulent pas avoir mal. Laurent, lui, il est tout écorché, entièrement nu, la peau retournée. On ne peut pas le toucher, sauf elle.

J'ai rencontré Marlène au bord de la mer. C'était un autre pays. J'avais une disco-mobile ; avec mon frère, la musique, on a toujours voulu ça, en écouter, en jouer, peut-être en vivre. Notre père n'a rien empêché, pourvu que l'on apprenne un métier ; parce que, gagner sa vie avec la musique, c'est difficile ; il ne disait pas impossible ; il disait difficile. Richard est entré à la Poste. Je suis devenu électricien. Pendant l'été, on partait avec la disco ;

on avait aménagé un camion ; on allait de plage en plage, en Normandie. Ces petits coins très doux nous plaisaient ; Richard y avait des amis, qui travaillaient dans les Postes à Paris, comme lui, et nous accueillaient les soirs dans leurs maisons longues et basses, cernées de jardins très verts. C'étaient nos vacances ; avant les femmes ; avant Marlène, et Chantal, ma belle-sœur.

Notre père avait beaucoup de force ; il n'a jamais été fatigué ; je suis plus vieux que lui. Lui, c'était l'accordéon. Il l'avait appris avec son père, et son grand-père. Ils en jouaient le dimanche, ensemble, dans les bals, les trois. Ils sortaient du département. Ils allaient loin. Ils rêvaient. Ils étaient très vivants. Leurs femmes les attendaient. Elles savaient qu'ils étaient comme ça. Elles avaient confiance : le lundi matin, ils seraient au travail. Le soir, parfois, ils jouaient pour elles ; ils essayaient des airs nouveaux. Ils inventaient ; ils imitaient. C'était une tribu d'hommes droits, doués pour le bonheur, ardents à la joie. Ils étaient gais. Ils savaient ne pas avoir peur. Mon frère et moi, nous sommes des héritiers.

Marlène ne dansait pas. C'est moi qui lui ai appris à aimer se montrer, comme ça, en état de musique ; plus tard ; pas cet été-là ; et pour moi seulement. Cet été-là, elle ne dansait pas. Elle avait dix-huit ans, un BEP de coiffure, des mitaines noires, ses deux sœurs à surveiller, et une grande colère sous la peau. À cause de son père. Elle s'était mise en deuil ; le deuil d'un rêve de père toujours porté, depuis l'enfance ; et dont il lui fallait se déprendre. Elle grandissait. J'avais douze ans de plus qu'elle.

Elle était née sans père, fille d'une fille-mère, dans un gros bourg de la Normandie côtière où ses grands-parents maternels étaient venus s'installer après la guerre. Ils étaient boulangers, boulangers-pâtissiers plus précisément. Sa mère était repartie à Rouen, très vite après l'accouchement ; il lui fallait garder son travail ; là-bas, elle pourrait continuer à vivre, sans être constamment jaugée, jugée, et condamnée. Marlène avait grandi dans les odeurs chaudes du pain. On ne lui parlait pas de sa mère, qu'elle voyait peu. Ses grands-parents étaient bons, accablés, dignes et silencieux ; elle était très jolie et fermement éduquée ; elle se taisait derrière le comptoir où elle regardait sa grand-mère, précise et posée, rendre la monnaie à des clientes dont, dès l'âge de six ans, elle savait les noms et les petites manies.

Elle aimait surtout les dimanches matin ; les sorties de la messe, où elle n'allait pas, parce qu'on ne voulait pas la laisser aller seule et qu'on ne pouvait pas l'accompagner. Elles restaient donc, les deux, grand-mère et petite-fille, derrière le comptoir, à s'affairer sans paroles, entre les brioches vernissées et pansues, les religieuses au chocolat, les petits pains au lait, et les feuilletés ronds aux pommes, chefs-d'œuvre du grand-père, unanimement reconnus, que l'on commandait des semaines à l'avance depuis Honfleur et Étretat. Marlène avait aimé choisir, au bon format, le carton blanc glacé dont les bords relevés préviendraient la catastrophe, la chute intempestive des précieuses merveilles encapuchonnées d'un papier crème délicatement veiné de rose, dûment façonné par elle, d'une main très tôt experte, en pyramide gourmande nouée d'une faveur lie-de-vin. Elle avait aimé aussi le tintement de la sonnette, dans la somnolence des après-midi, et les gestes minutieux de sa grand-mère disposant sur des plateaux ronds les petits-fours du jour, avant l'ouverture de la boutique.

Les grands-parents avaient gardé de grandes façons ; ils venaient de Caen : ils y avaient tenu, avant et pendant la guerre, l'une des meilleures maisons de la ville, où deux employées, impeccables et discrètes, en calots empesés et devantiers blancs, secondaient efficacement une Mme Blanchot souveraine en sa blondeur derrière un comptoir de marbre clair. Les bombardements de 1944 avaient eu raison de la boutique, et le fils ne s'était pas relevé des décombres. Les grands-parents n'avaient pas voulu recommencer. Ils s'étaient sentis fatigués ; une grande lassitude les avait pris tous deux dans le deuil du fils aîné, aimant, industrieux et promis à un avenir prospère dans la boulangerie-pâtisserie. La mère de Marlène n'était pas de la même eau : rétive au commerce, d'humeur trop changeante avec la clientèle, elle avait été mise en pension à Rouen où elle apprenait la couture, la sténodactylographie et les bons usages ménagers. Il fallait cependant continuer à vivre, et l'on avait repris une affaire, s'étourdissant de travail, dans un gros bourg de la côte normande où l'on n'avait ni souvenirs, ni témoins d'un passé trop à vif.

Aujourd'hui, 18 juin 1967, j'ai eu dix ans. Mamie m'a offert ce carnet et je commence ce journal pour me souvenir de tout. Mamie dit qu'il faut se souvenir. Elle me parle souvent de mon oncle Georges que je n'ai pas connu parce qu'il est mort avant ma naissance. Il est mort très jeune, à seize ans. Il avait six ans de plus que moi. Elle dit qu'il faut se souvenir pour que les morts soient moins morts. Moi je crois qu'on n'est pas plus ou moins mort ; on est mort et c'est tout. Mais je veux bien me souvenir parce que c'est Mamie qui m'élève, avec grand-père, et qui s'occupe de moi, et que je lui dois tout. À Mamie surtout, parce que grand-père, il travaille ou il dort. Je ne vois pas souvent maman. Elle a beaucoup de travail avec les jumelles qui ont trois ans et son nouveau mari qui est jeune. Alors il l'occupe beaucoup. Ils viendront dimanche puisque c'est mon anniversaire, mais ils ne resteront pas longtemps parce qu'ils ont beaucoup de route. Je ne sais pas où est mon père. On n'en parle jamais. Puisqu'on dit le « nouveau mari » de maman, c'est qu'elle doit en avoir eu un « ancien ». Ce doit être lui mon père. Quand j'aurai seize ans, le jour de mes seize ans, je demanderai à Mamie. Elle dit toujours qu'à seize ans on peut être très raisonnable et travailler comme un homme. Elle raconte que l'oncle Georges était comme ça avant de mourir, alors elle sera bien obligée de me répondre. Elle pincera la bouche comme elle fait certaines fois au magasin quand les clientes disent des choses qu'elle n'aime pas.

Jamais grand-mère ne me parle de l'oncle Georges devant les gens.

Parfois je n'aime personne.

Je sais le prénom de mon père ; ça je ne l'ai jamais dit à Mamie. Son prénom, c'est Georges, comme celui de l'oncle, et du médecin aussi, je l'ai vu sur les ordonnances, et du livreur de farine qui vient le jeudi ; grand-père l'appelle par son prénom. On ne peut pas retrouver les personnes d'après le prénom. Les filles à l'école ont dit « le Grand Georges », mais elles ont peut-être menti ; il faut se méfier.

Voilà. Il fallait que j'explique tout ça pour commencer mon journal. J'écrirai dedans quand j'aurai envie.

L'après-midi du premier et du troisième dimanche de chaque mois, on allait au cimetière, un petit cimetière de campagne triste, nettoyer et fleurir la tombe du mort définitivement jeune. Marlène ne se souvenait pas de n'avoir pas su compter et sa première soustraction avait été familiale : 1944 moins 1928 font 16. On ne pleurait pas ; on se taisait dans le cimetière toujours vide. Le grand-père se tenait droit ; ses lèvres remuaient ; la grand-mère avait des gestes lents. Marlène savait le cérémonial par cœur, et elle tendait dans le bon ordre, au bon moment, la pelle, la balayette, l'eau, les fleurs de Georges immuablement livrées le samedi après-midi, et dressées pour la nuit dans un vase, dans la chambre des grands-parents, sur la table de chevet de la grand-mère, près de la seule photo de l'oncle que Marlène eût jamais vue ; vue plutôt que regardée, car Marlène n'entrait pas dans la chambre de ses grands-parents ; elle n'en avait pas le droit ; sauf deux fois par mois, le samedi après-midi, quand elle allait chercher le vase, pour les fleurs. Blanches, les fleurs toujours ; des fleurs de fleuriste, pas des fleurs des champs, ni des fleurs de jardin ; d'ailleurs les grands-parents n'avaient pas de jardin. La photo lui faisait un peu peur : l'oncle avait le regard sévère, le front haut, le cheveu frisé et la lèvre supérieure soulignée d'une ombre de moustache qui le vieillissait étrangement.

Elle avait grandi, aimée cependant, dans l'orbe gris du jeune mort, mort qui n'avait pas eu vingt ans, mort qu'elle n'était pas, n'étant que fille, et, de surcroît, fille sans père. Elle en avait un, certes. Les autres enfants à l'école ne s'étaient pas gênés pour le lui dire, dès les premiers jours de classe; ils avaient été cruels; les filles surtout, offusquées sans doute par les manières lentes et compassées de cette fillette très jolie, qui n'avait jamais joué avec elles dans la rue, savait déjà compter et portait des robes d'un autre âge. Elles lui avaient dit, les filles en tablier, qu'elle pouvait toujours faire sa fière, qu'on le savait bien que son père, c'était le Grand Georges, et que même on en connaissait d'autres comme elle, vu que le Grand Georges, il avait eu toutes les femmes qu'il avait voulues, et des enfants partout. Marlène n'avait pas tout compris; elle n'avait rien dit à sa grand-mère; elle sentait qu'il ne fallait pas. Elle n'avait pas pleuré. Elle était restée seule avec toutes ces femmes voulues, et ces enfants; et avec ce prénom: « Georges, le Grand Georges », le prénom du mort.

Il était voyageur de commerce; bellâtre avantageux, valseur étourdissant, fleurant bon la brillantine, la cravate alerte et le soulier pointu; il avait eu la mère de Marlène, au sortir des raideurs familiales et du long deuil du frère, après trois bals et quelques escapades nocturnes dans la campagne de juillet.

Il n'avait rien promis. Elle ne demandait d'ailleurs rien, étant silencieuse par habitude et avide des choses du corps. Il n'était pas le premier ; elle avait déjà vingt-sept ans et menait à Rouen une vie que ses parents n'imaginaient pas, exigeant seulement qu'elle vînt chaque dimanche, en corsage strict et jupe sombre, figurer à la table du déjeuner, où l'on ne disait rien parce qu'il n'y avait rien d'autre à dire que le malheur inépuisable de l'absence. La fille ne s'intéressait pas à la boutique et n'aurait pas su seconder la mère derrière le comptoir aux heures d'affluence du dimanche matin ; elle ne se mariait pas ; on ne lui faisait pas de reproches ; elle avait toujours été un peu à l'écart, en dehors de la famille, à côté des gens et de ce qui les fait vivre ; à la mort de son frère, elle avait quatorze ans et elle n'avait pas pleuré. Il était encore heureux, et l'on s'en contentait, qu'elle ne fît pas parler d'elle, ce qui, dans le commerce, cause toujours un tort considérable.

L'affaire du Grand Georges avait été une épreuve ; une de plus ; rien ne pouvait être pire que ce qui était déjà advenu. On aurait pu aller en Angleterre, ou en Suisse ; ça n'était pas une question d'argent. La mère et le père avaient exigé : on n'ajouterait pas de la mort au scandale ; eux garderaient l'enfant ; elle repartirait au plus vite à Rouen et se ferait oublier. En dehors de la boutique, ils ne fréquentaient personne. Chacun sut leur honte; mais personne ne leur en parla. Personne n'osa les plaindre. On connaissait leur malheur; les pèlerinages du dimanche après-midi, les fleurs du samedi et les petits-fours sur lit de papier dentelle blanc avaient depuis longtemps creusé le silence autour d'eux. Ils espéraient que ce serait un garçon. Ce fut une fille. On s'en accommoda.

Samedi 17 novembre 1964,

Mon cher fils, mon Georges,

Ils dorment tous; ton père, Marie-Hélène. Une heure dans la nuit du samedi au dimanche, notre heure, il faut encore la voler. Ils diraient des sottises; ils diraient que je suis folle. Jusqu'à la petite qui est tellement raisonnable, tellement sérieuse. Elle te ressemble de plus en plus, tu sais. C'est une bonne chose. Elle ne sait pas encore pour sa mère; ton père et moi ne le lui avons pas dit. Elle est futée; elle a vu des femmes enceintes au magasin. Quand ta sœur viendra avec ce monsieur, elle comprendra. Il l'épouse. Il a une grosse affaire, beaucoup d'argent; c'est une famille; ta sœur ne perd pas le nord. La première fois lui a servi de leçon. Nous aurions préféré quelqu'un de plus âgé, de plus posé; il a tout de même neuf ans de moins qu'elle. Enceinte, à trente-quatre ans. Avec ta sœur, il faut toujours s'attendre au pire. Comment ces gens vont-ils nous regarder, nous, les parents ? Que vont-ils imaginer ? Ils ne savent pas pour Marie-Hélène. Ta sœur assure que lui est au courant, mais je ne lui fais pas confiance. Elle nous a tellement menti. Le père de la petite est au Havre maintenant ; il a pris un café ; c'est un homme capable dans son métier. Me Berthier l'estime beaucoup sur ce point ; l'affaire s'est faite dans son étude. Me Berthier m'a glissé deux ou trois mots en privé quand il est passé cet après-midi chercher sa commande. Quand il veut me parler, il vient lui-même, à l'heure de la sieste. Nous sommes seuls. Nous nous comprenons. Notre peine nous rapproche. Sa femme est restée très ébranlée. C'est comme ton père ; ce sont des personnes auxquelles on ne peut rien dire. Il faut les ménager toujours. Me Berthier dit qu'ils n'ont pas fait le tour de leur malheur. Nous, nous réagissons. Nous n'avons pas le choix. Avec ta sœur, il a bien fallu. Les Berthier ont beaucoup de satisfaction avec leurs filles : la plus jeune est fiancée à un médecin d'Yvetot et Françoise attend son second pour Noël ; tu sais que son aîné s'appelle Pierre. Crois-moi, pour les grands-parents, c'est quelque chose, le petit nom de celui qui n'est plus. Quand je pense à la comédie que ta sœur m'a faite pour accepter Georgette comme deuxième prénom. Mais j'ai tenu bon. Je savais comment ça tournerait, et qu'elle ne regarderait pas sa petite. Elle est mieux avec nous. L'exemple, ça compte pour les enfants.

Tu vois que ta mère est encore vaillante. Je ne te parle que de mes ennuis. Je me le reproche pendant la semaine, mais le samedi arrive et c'est toujours la même chose. Tu me fais du bien. Je t'embrasse comme autrefois. Tu sentais si bon.

Maman.

Marlène n'a pas connu mon père. Je lui en ai souvent parlé. Elle m'écoutait ; elle regardait les photos ; elle posait des questions. Elle appelait ça « remonter à la source ; comme on remonte une rivière jusqu'à la source ». Elle n'est jamais venue au cimetière avec moi. Elle disait que ce n'était pas pour elle, qu'elle n'avait pas de mort, elle, nulle part. Georges n'était pas à elle. Il était à la grand-mère. Enfant, elle l'avait longuement jalousé ; il était intouchable et parfait. Les fleurs étaient pour lui, et les silences du dimanche. Son autel était dressé dans la chambre des grands-parents. Elle suivait le catéchisme ; les leçons étaient données dans l'église et elle avait reconnu l'esprit de la chambre. Elle n'avait pas besoin de ces accommodements que les vivants ont avec leurs morts, mais elle aimait la pierre blonde du chœur où l'abbé Chaumeil rassemblait les enfants ; elle se laissait emporter par les jeux de la lumière dans les couleurs violentes des vitraux. L'abbé s'asseyait toujours au même endroit sur une chaise basse, une chaise de nourrice que le plus grand des garçons allait chercher pour lui à la sacristie. Il postillonnait, nimbé de rose ardent. Des taches vertes couraient sur ses mains. Il racontait Zachée, l'enfant prodigue et la résurrection de Lazare. Il lui avait donné le goût des histoires. Elle aimait surtout la Semaine sainte, Judas, le Christ plein de peur au mont des Oliviers pendant que les apôtres dorment, bouche ouverte, et le chant du coq dans l'aube froide. Elle ne disait rien à sa grand-mère. Elle sentait qu'il fallait cacher son plaisir.

Moi j'avais besoin d'aller au cimetière. Je m'asseyais sur la tombe, et je parlais à mon père, à la muette. J'allais seul ; pas avec ma mère, ni avec Richard ; je n'aurais pas pu. Le cimetière est bien placé ; enclos de murs rugueux, à mi-pente, face aux bois. C'est une douceur, pour les vivants, de penser qu'ils sont là ; que les saisons, autour d'eux, coulent, glissent, dans le ciel changeant et renversé. C'est une douceur pour moi ; je lui parle des choses qui continuent ; il est au milieu d'elles, et dans ma mémoire ; allongé, se défaisant, bientôt défait, vaincu, et debout, droit, dressé, chantant. Il est mort vite ; il a à peine eu le temps de se savoir malade. Il ne s'est pas plaint. Quand je suis allé le voir à la clinique, la veille de sa seconde opération, il m'a dit qu'il avait bien vécu, largement. J'ai gardé ce mot, largement. J'ai eu ma place dans cette vie.

J'ai rencontré Marlène l'été suivant ; elle m'est aussitôt devenue nécessaire. Elle n'avait pas connu d'homme ; elle n'avait jamais été amoureuse. Elle vivait bouche close, face lisse, dans la perfection de sa peau, au bord du monde. Le lendemain de ses dix-huit ans, elle avait pris le train pour Le Havre. Elle s'était renseignée : son père y tenait un café, depuis des années, avec femme et enfants ; une bonne petite entreprise familiale. Elle n'avait pas peur ; elle ne voulait rien casser, rien déranger ; seulement voir, le voir, sans être vue, sans qu'il sache. Il était derrière le comptoir quand elle était entrée ; grand, gras, important, bonhomme et vaguement aviné. Elle me l'a raconté plusieurs fois, au début ; ensuite, elle n'en a plus parlé. Il avait demandé ce que voulait la demoiselle ; il n'avait pas dit « boire » ; il avait dit « vouloir » ; elle avait bu un Orangina-fraise, debout, un peu raide, en face de lui qui essuyait des verres. Le café était vide ; c'était l'heure assoupie du creux de l'après-midi. Marlène connaissait bien ce moment, où le temps stagne, avant le coup de feu de la fin de journée.

Rien ne serait arrivé s'il ne lui avait pas parlé, demandé d'où elle venait, pour avoir l'air aussi perdue. Il était plutôt gentil. Elle s'était vue alors, visage très pâle, dans le miroir, à côté de lui, entre deux bouteilles de sirop ; et l'abcès d'enfance avait crevé. Elle avait senti les larmes monter ; elle avait dit : « Vous êtes le Grand Georges ; vous êtes mon père ; je suis venue pour vous voir », et elle s'était enfuie, « comme une voleuse de père » ; c'était son expression. Elle avait couru. La voiture l'avait happée au premier carrefour. Elle s'était réveillée à l'hôpital. Sa grand-mère était là. On avait téléphoné à la boulangerie ; l'adresse était dans le sac que Marlène avait laissé sur le comptoir. Il l'avait pris ; il l'avait apporté à la police ; il n'avait rien fait de plus. Il savait pourtant qu'elle n'était pas folle, qu'elle disait la vérité. Elle en était certaine. Il aurait pu la retrouver. Il aurait suffi de le vouloir.

Il écoute rien Georges. Je le lui ai dit que c'était un coup à avoir des ennuis. Il est têtu. Il répond que c'est son affaire ; ça me regarde pas les femmes qu'il a eues avant de me connaître.

Moi je veux la paix ; je veux pas qu'une gamine vienne tout me démolir. J'en ai deux à élever.

Peut-être qu'il est vraiment le père de cette fille. Il en sait rien lui-même. Les hommes sont comme ça ; le plaisir, et après, les femmes se débrouillent ; bien bêtes aussi. Moi je l'ai coincé le Georges ; je l'ai tenu ; la dragée haute ; ça c'est beau. On se marie, on se fixe, on s'installe; avec une bonne mise de fonds, on s'établit, on travaille, on a rien sans rien.

La police va chercher; comment elle était la cliente qui l'a oublié ce sac; qu'est-ce qu'elle a dit; et s'il lui est arrivé quelque chose, ça sera pour nous. Il boit trop. Avec le café, c'est le risque. Je peux pas être tout le temps derrière lui au comptoir. Un verre suit l'autre. On accompagne les clients. C'est fou le manque de force. Pas pouvoir s'empêcher. Se dire : je le fais pas; j'y touche pas. Décider. Se mettre au Vittel-menthe; ça serait pas déshonorant. On se démolit petit à petit, à force de boire des canons avec Loulou Migne ou le père Regimbal, des poivrots, des débris, des demi-portions qui se laissent entretenir par leur femme ou par leur mère et ne savent pas tenir une place.

Moi, ça m'arrange des fois qu'il soit pas clair. Il me serre derrière le comptoir ou à la cave, mais je trouve toujours le moyen d'échapper; les filles sont dans le coin, ou un client. On est jamais seuls; et le soir, il s'endort comme une masse. Il voit rien. Sans ça, pour Jean-Pierre et moi, ça serait pas possible. On est de la même race Jean-Pierre et moi; je l'ai tout de suite compris. On sait où on va. Il faut patienter. Dans quatre ans. Ses crédits seront finis; les nôtres aussi. J'en ai la moitié pour moi. Les filles auront grandi; ça changera rien pour elles; je fais déjà tout, le père et la mère. Avec Jean-Pierre on aura une belle affaire, à Rouen, ou à Caen; pas ici; en centre-ville; c'est une autre clientèle. Il se laisse pas aller Jean-Pierre; il prendra pas du ventre derrière le comptoir. Douze ans de moins, c'est la bonne distance pour une femme. J'aurai trente-huit ans; lui cinquante. Son démon de midi, ça sera moi. Il se laissera pas déranger. Si près du but. Il restera beau. Il me fait envie tout le temps.

Elle l'avait attendu, à l'hôpital, plusieurs jours. Elle aurait pu repartir très vite, avec son plâtre, mais les médecins ne voulaient pas; ils la trouvaient «choquée». Sa grand-mère avait répété ce mot-là, avant de reprendre le train. Le grand-père n'était pas venu; il était fatigué, de plus en plus lent, et il y avait la boutique, et il ne voulait pas entendre parler de tout ça; de toute cette boue; il voulait la paix; c'était trop de malheur; ça ne finissait jamais. Marlène n'avait pas besoin de son père; ils étaient là, eux; ils avaient toujours été là pour elle, depuis dix-huit ans, et le grand-père était comme un homme trahi. Marlène ne pensait pas à lui. Elle attendait, blanche et silencieuse. Sa mère lui avait apporté des livres, de gros livres souples qui sentaient le neuf et craquetaient à petit bruit quand elle les couchait, ventre ouvert, sur la couverture bleue de son lit d'hôpital. Dans les livres choisis par sa mère, hésitante et émue, les femmes aimaient des hommes qui ne partaient pas, ou qui revenaient, et voulaient des enfants, et offraient des fleurs. On dînait dans les jardins, les robes étaient merveilleuses et les soirs tièdes.

Les livres mentaient et Marlène humait ce sirop. Elle attendait. Quand les médecins l'avaient autorisée à rentrer chez elle, une grande colère lui était venue. Muette, ramassée en elle, sous la peau. À qui la dire ? Ses grands-parents étaient écrasés ; sa mère vivait ailleurs, donnée à d'autres enfants, les deux sœurs, les jumelles indifférentes qui, elles, avaient un père. Marlène n'avait pas d'amie. Au salon où elle terminait son apprentissage de coiffure, on la jugeait parfaite avec les clientes, adroite et compétente, mais on ne la garderait pas. On ne l'aimait pas ; elle était trop loin de la vie des gens ; elle ne les voyait pas. Les filles du centre de formation riaient bruyamment quand elles parlaient des garçons qui les touchaient, dans le vacarme du bal, le samedi soir. Elles choisissaient ensemble, dans le catalogue de La Redoute, les pantalons moulants et autres liquettes audacieuses qui souligneraient leurs avantages à l'heure de la grande chasse. Elles étaient dans l'âge des corps. Marlène prit le deuil. Sa grand-mère en fut outrée, qui n'avait jamais quitté celui de son fils et ne concevait pas que l'on pût ainsi s'inventer une absence, quand on avait dix-huit ans et la chance d'être encore indemne de toute plaie définitivement purulente. La grand-mère ne voyait pas plus loin que la mort.

L'été vint, comme il vient toujours, malgré la force des choses grises. Délivrée de son plâtre, son apprentissage terminé, Marlène connut la vacuité des commencements. On l'occupa à la boulangerie, en attendant de lui trouver une place dans un salon ; elle ne pouvait pas aller n'importe où ; il fallait que la maison fût sûre, de bonne renommée. On avait vite fait de déraper ; Marlène était capable de bien cacher son jeu ; elle l'avait prouvé ; la grand-mère se méfiait. L'âge était difficile ; il fallait tenir bon, pour le bien de la petite ; plus tard, elle comprendrait, elle remercierait. Les clientes connaissaient Marlène ; elles la trouvèrent triste. Elle avait mauvaise mine : elle finirait par faire une bêtise ; elle avait dix-huit ans ; avec la nouvelle loi, elle était majeure. Quelques-unes, les plus anciennes, les plus régulières, et, à ce titre, autorisées, osèrent parler à la grand-mère. Il ne fallait pas se montrer trop raide. Les temps avaient changé ; on ne pouvait plus se conduire avec les jeunes comme on l'avait toujours fait. La petite avait besoin de prendre l'air ; rester enfermée dans la boutique, ce n'était pas sain ; avec cette mine de papier mâché ; pourquoi pas le bord de la mer ?

La grand-mère avait opiné du chignon, bouche pincée. Elle avait réfléchi. Elle s'était sentie dépassée, usée. Et elle avait décidé que sa fille, pour une fois, prendrait ses responsabilités. Le père des jumelles était généreux ; il travaillait beaucoup, avait de gros moyens et louait chaque été une belle villa, à quelques kilomètres de Trouville, où son ex-femme et ses deux filles passaient leurs vacances. La grand-mère avait pensé que la plage ferait du bien à Marie-Hélène ; elle était fatiguée ; elle en avait assez, assez de ce silence, de cette pâleur soulignée par les vêtements, de cette obstination à demeurer hors du monde. Pour la première fois, elle avait un peu peur de n'être pas dans le vrai. Seule la photo de Georges, doux et sérieux, dans son cadre, sur la table de chevet, la rassurait véritablement. Lui, au moins, ne changerait pas, n'échapperait pas.

Marlène partit, et le grand-père mourut, pendant sa sieste, bouche ouverte, dans la chaleur lourde d'un dimanche de juillet. On l'enterra près de son fils, sous un soleil définitif. La grand-mère pleura peu et fit graver une plaque cossue où son nom figurait entre celui de son mari et celui de Georges, au-dessus de sa date de naissance, suivie d'un 19 qui lui interdisait de franchir les limites du millénaire. En quelques semaines elle ferma la boutique, mit l'affaire en vente, et quitta le bourg, pour s'installer à Rouen d'où l'accès serait facile et assuré jusqu'au cimetière de ses hommes, et où vivaient les femmes de son sang. Son devoir était de s'en rapprocher, de garder sur elles un œil vigilant, malgré l'âge et les doutes.

Qu'est-ce qu'il lui a pris ? J'étais comment, moi, à son âge ? On oublie. J'aurais dû reprendre Marlène quand les jumelles sont nées. Elle aurait pu s'attacher à ses sœurs. Elles se connaissent à peine. Il en a même pas été question. Pour un homme jeune, trois filles d'un coup, c'était trop. Ils l'auraient pas lâchée de toute façon ; et elle, elle avait déjà ses idées, toute gamine. Elle aurait pas voulu. J'ai pas osé. Dès le début j'aurais pas dû la laisser avec eux. J'ai pas pu ; j'ai pas eu la force de résister. Qui peut résister à la reine mère ? Un gosse, dans ma chambre, avec mon salaire de dactylo. Ils m'auraient même pas aidée ; ça, c'est sûr. Ce qu'elle voulait, c'était pas de scandale ; enfin, le moins possible ; et le gosse. Et que ce soit un garçon. Pour recommencer. Comme avec Georges. Tout surveiller, tout tenir, tout régenter ; de l'œil et du chignon. Comme avec les vendeuses du magasin ; la blouse impeccable, le col fermé.

Ça empêche pas les hommes de penser, le col fermé ; au contraire. Le sien, elle l'a tellement privé de tout. Il est mort en dormant. On dit toujours « Paix à son âme ». Moi je dis pas « Paix à son âme ». Il est mort ; il est tout raide là-haut dans la chambre. Moi, le toucher, pour le laver, l'habiller, j'aurais pas pu. Je dis pas « Paix à son âme ». Si l'enfer existe, je le lui souhaite; et mille fois. Il a jamais touché à la petite; il pouvait plus, depuis la mort de Georges; sinon je la leur aurais pas laissée; je l'aurais prise avec moi.

Si elle me reproche de pas pleurer, j'aurai du mal à me retenir. Il faut qu'elle fasse attention. Elle peut même pas imaginer à quel point je la protège depuis tout ce temps. Elle me croirait pas. Je le sais qu'elle me croirait pas. C'est pas la peine de penser à ça. «Insulter un mort, elle dirait, comment oses-tu? Ton propre père; ma pauvre fille, tu nous auras tout fait. Tu salis tout.» Je l'entends. «Ma pauvre fille», c'est son mot. Et Georges; avec elle derrière lui, tout le temps; comment il aurait tourné? Comme son père peut-être. Que ça sorte pas de la famille; plutôt la fille, ou la sœur, que les vendeuses. Il est mort, Georges. Lui, je peux encore lui faire crédit. Il a pas eu le temps.

Elle redescend. Il faut que j'y aille, là-haut. Avec les Berthier. Elle qui est comme un poisson pas frais, et lui qui pense aux petits-fours, et au reste. Il a raison. Elle les a préparés, les petits-fours. Elle est parfaite. Même un jour pareil. Surtout un jour pareil.

Marlène me venge. Sans le savoir, elle me venge. Il en est mort, le vieux, de sa «trahison». Ils le pensent tous très fort, maman, les Berthier, les voisins, les clients. Ils lui feraient bien porter le chapeau à la gamine; mais ils se tairont, par respect pour Mme Blanchot ; c'est celle qui tient la maison, vous comprenez ; entre nous, lui, il n'avait pas la tête bien solide ; on dit que c'est depuis la mort du fils ; on le sentait qu'il n'était pas bien cet homme ; un fin pâtissier, c'est sûr, un travailleur, mais il y avait quelque chose… Elle, ce n'est pas la moitié d'une femme ; elle porte tout. La fille n'est pas à la hauteur ; elle ne tient pas de la mère. D'abord elle a eu cette petite, sans être mariée, et que le père n'a jamais reconnue. Maintenant elle est divorcée, d'un homme beaucoup plus jeune. Ces femmes, ça ne doute de rien. Et là, il y a encore deux filles. Mme Blanchot n'a pas fini de se faire du souci, et d'aider à droite et à gauche. Des femmes comme elle, on n'en fait plus.

C'est à ce moment-là que j'ai rencontré Marlène, après la mort du grand-père. J'ai d'abord pensé que c'était à cause de lui, tout ce noir. Je ne posais pas de questions. Marlène était une fille de jour ; elle ne venait pas à la disco-mobile ; elle ne dansait pas. Je l'ai trouvée belle et rare. Je lui ai parlé. J'avais la peur au ventre. Je savais que c'était grave, une chance, un risque. Je n'avais pas eu beaucoup de filles. Deux, seulement, avaient compté. Richard était plus beau que moi ; depuis nos dix-sept ans je lui avais toujours laissé les conquises d'un soir, de plus en plus jeunes, de plus en plus averties, violemment offertes. Il aimait cette fermeté de chairs, leurs seins hauts, leurs brusques audaces et leur timidité muette quand, parfois, son souffle se faisait plus court. C'était une chasse charmante, facile et vaine. Il se savait de passage, et elles le savaient aussi. Elles étaient de l'été, de nos étés d'avant trente ans. Avec Marlène, je suis entré dans une autre saison.

Elle m'a parlé ; très vite, elle m'a parlé, dans une langue comme neuve, qu'elle semblait se découvrir. J'écoutais. Elle ne me regardait pas, ne me touchait pas. Elle se laissait regarder ; je ne la touchais pas. Je la buvais, sans la désirer comme désirent les hommes, avec le ventre. J'étais pris. Elle racontait, dans la lumière des après-midi, et le bruissement de la plage, troué de cris d'enfants. Elle racontait sa mère, sa grand-mère, ses sœurs, la boulangerie, le salon, et les hommes ; le grand-père, Georges, son père. Elle disait avec une confiance assourdissante, donnée, comme pour toujours. Elle avait une voix grave, presque voilée, monocorde et ténue ; une voix venue des longues steppes du silence et qui n'était pas de son âge. Chaque après-midi, je revenais. Elle ne semblait pas m'attendre et ne s'étonnait pas de me retrouver sous le parasol rayé de bleu. Nous ne nous baignions pas.

Mon frère souriait de me voir partir, aux heures les plus chaudes du jour, à pied, à vélo, ou en voiture, selon la distance mise entre elle et moi par nos déplacements. Elle était mon centre de gravité, mon nombril blanc. Richard ne m'a rien demandé quand je l'ai laissé rentrer seul à la fin de l'été. Ma mère, au téléphone, m'a dit : « Pas plus de quinze jours ; tu as du travail ici. Les gens n'attendront pas toujours ; ils iront voir ailleurs. » Je suis revenu en novembre, avec elle, pour notre premier hiver. Ma mère savait qu'elle ne pouvait rien contre ça. Elle la trouvait trop jeune, et c'était tout ; elle avait un peu peur, mais elle avait trop aimé son homme pour se battre contre ce qui me tenait, moi, à pleins bras, dans un vertige décuplé par le confinement de l'hiver, ma grande saison.

J'ai beaucoup travaillé. J'avais besoin d'argent ; j'ai accepté un gros chantier. J'avais mon idée : au printemps, dans le temps des journées longues, ouvrir, aménager la maison, là-haut, à la Bussinie, loin du bourg. Ma mère était née dans cette maison et y avait grandi. Elle n'était plus habitée depuis longtemps. Mon père l'avait toujours entretenue parce qu'il était de ceux qui ne laissent pas les choses se défaire, et parce qu'il avait beaucoup aimé ses beaux-parents. Ma mère n'avait pas voulu vivre là-haut. Elle préférait la maison d'en bas, sa douceur relative de bâtisse tiède, campée à flanc de côte, à la sortie du bourg, cernée de potagers prospères, tutoyant le sud, avide du moindre soleil. Depuis la mort de mon père, s'il ne pleuvait pas, s'il ne neigeait pas, elle montait à la Bussinie, deux fois par jour, matin et soir ; elle ouvrait les fenêtres pour que la vieille odeur froide des maisons déchues ne prenne pas tout. C'était une fidélité, à mon père surtout.

Je n'ai pas montré la maison à Marlène, pas tout de suite. Je lui ai dit : « Après le premier hiver, tu verras. » Je ne voulais pas user de cet argument. Nous l'avons ouverte ensemble, à Pâques. Furtive de naissance, efficace par éducation, Marlène a attendu en bas, partageant le territoire de ma mère. « On ne vous entend pas », disait ma mère, qui n'avait jamais aimé cuisiner, et s'émerveillait d'un savoir aussi sûr chez une fille aussi jeune. Depuis la mort de mon père le premier étage était à moi, et Marlène s'y sentait bien. Quand elle ne cuisinait pas, elle lisait, ou écrivait à sa famille des lettres minutieuses et collectives qui commençaient invariablement par « Chères toutes ». Sa grand-mère lui répondait ; sa mère et ses sœurs ne trouvaient rien à ajouter ; elles signaient et l'embrassaient d'abondance. On lui téléphonait parfois. Elle appelait peu. On la savait en paix. On pensait qu'elle aurait un enfant, que je l'épouserais. On me faisait confiance.

Marlène aurait plu à Michel. Je crois que Laurent est bien avec elle. Ils commencent. C'est le meilleur. Aujourd'hui, c'est plus facile. Les jeunes s'embarrassent moins des familles, de l'avis des uns et des autres, de ce qui se fait et de ce qui ne se fait pas. Ils ont raison.

Et cette peur qu'on avait toujours nous les femmes de tomber enceintes. Et celles qui essayaient de les «faire passer»; j'en ai connu qui se sont abîmées définitivement. Leurs bonshommes ne savaient pas s'arrêter, pas se retenir. Pour ça Michel, il était bien. Il était bien pour tout. Cette façon qu'il avait de m'attendre pour que moi aussi j'aie du plaisir. C'est tellement loin maintenant. Je me demande si on le ferait encore s'il était toujours là; et comment on le ferait. Avec un corps de soixante-quatre ans, comment on le fait? Surtout une femme. Est-ce qu'elle en a envie? J'en aurais encore envie s'il était là? Jamais je n'ai regardé un autre homme. Même André qui m'avait tant plu avant que je connaisse Michel. On aurait pu se fiancer. Il est parti chez Michelin; j'aurais vécu à Clermont; j'aurais travaillé, dans un commerce, ou comme nourrice à domicile. Si j'avais voulu, après la mort de Michel; j'ai fait celle qui ne comprenait pas. Il est venu pour savoir. Il est venu trop tôt. Il est divorcé; ça n'a jamais bien été avec sa femme. Et cette fille qu'ils ont perdue, à vingt-quatre ans. C'est beaucoup de malheur.

Avec Michel on en parlait aussi; il aimait ça, les phrases à double sens; on était les seuls à comprendre. On se faisait des signes au milieu des autres. On s'attendait. Je crois que Laurent et la petite sont comme ça. J'ai vécu avec eux tout cet hiver. Ces choses, on les sent. Ils auront peut-être un enfant. Il grandirait ici, comme les garçons. On s'en occuperait bien. Marlène est jeune, mais elle a de bons gestes. L'envie lui viendra des enfants à soi qui donnent toute leur confiance. Ils demandent ; ils attendent ; il faut être là. Michel aurait bien voulu un troisième. Il aurait aimé avoir une fille. Moi aussi. Il aurait été fou d'une fille. Ça ne s'est pas fait.

Michel, à la fin, avec les médicaments, il ne pouvait plus. Il n'était plus un homme. Le médecin le lui avait dit ; il avait posé la question devant moi. Il ne l'avait pas cru ; il pensait que nous, c'était pas de la chimie, pas de la mécanique. Il le disait. Quand il a compris ; c'était ici, à la maison, dans la chambre, en haut ; que vouloir ne servait à rien ; il a pleuré. Ensuite, il est mort.

L'après-midi, Marlène marchait. Elle remontait le cours de la rivière ; elle allait au long des plateaux d'herbe rase. Cette marche hors les routes, hors les sentiers des hommes, par tous les temps, pour rien, sans fusil, sans chien, seule, suffisait à la signaler à l'attention de tous, à l'isoler ; plus encore que le reste, que l'extrême pâleur de la peau, le noir des vêtements, l'exubérance des cheveux fauves, l'appartenance à un lointa
bord de mer, et ma dévotion. On ne se d

ainsi à une femme. On tenait la barre; on gardait le contrôle. On ne se donnait pas ainsi à une jeune femme, très jeune, qui ne parlait à personne, ou si peu, et se promenait seule. Se promenait-on dans la commune? Non. C'était affaire de retraités oisifs ou de citadins désœuvrés; affaire de soirs tièdes, ou, à l'extrême rigueur, de digestions dominicales. Alors les femmes allaient en grappes, au bord des routes, précédées de chiens, flanquées d'enfants robustes aux jambes torses. Visiblement, ostensiblement, elles jouissaient ensemble, sœurs, mères, filles, belles-filles, belles-sœurs, d'un repos arraché au harassement des besognes continuelles. On disait: «Ils ont quelqu'un aujourd'hui; les femmes se promènent.» Mais personne n'allait ainsi, seul, au long d'une rivière tortueuse, ou à la lisière mauve des bois nus. Ça n'avait pas de sens. L'électricien avait ramené là une drôle de cliente. La mère n'en disait rien parce qu'elle était bonne femme. Il paraît que la fille était excellente cuisinière. Ça ne fait pas tout, mais elle le tenait par le ventre. Et l'épicière de ponctuer d'un coup de menton décisif cette appréciation lâchée à mi-voix, aussitôt ma mère sortie, dans le tintinnabulement poussif de la sonnette.

Marlène n'allait pas dans le bourg, sauf pour la cérémonie du bibliobus. Elle sentait autour d'elle l'hostilité des femmes, la curiosité des hommes, et le silence épais d'une tribu dont elle n'était pas. Le pays, la terre noire et souple, les croupes fatiguées des vieilles montagnes, les arbres, les eaux, le ciel, lui avaient d'emblée été familiers. Elle en avait aimé la nudité d'hiver et cet air que tout avait de ne rien attendre, de se suffire à soi-même. J'étais son viatique suffisant dans un monde de bois, de terre, et de vent. Je me sentais fort. Je me taisais. Je n'avais pas peur. Je n'avais pas cru, jusqu'alors, que ce fût possible. J'avais, avant elle, vaguement ferraillé, d'un samedi à l'autre, dans la moiteur du corps des femmes ; entre deux chantiers, entre deux bals, trop refusé, trop ramassé en dedans, pour qu'elles puissent y croire, les femmes, pour qu'elles puissent accrocher à mon silence une possible histoire de présentations familiales, de canapés à crédit, d'enfants, de maisons. Je n'avais pas de réputation. Je vivais avec ma mère. Je tournerais au vieux garçon. Mon frère, l'autre, le chaud, s'occupait de la chose, lui ; il s'en occupait pour deux.

Deux femmes m'avaient ému. Elles avaient dix ans de plus que moi, et, derrière elles, un divorce, des enfants, une histoire qui interdisait la naïveté merveilleuse des commencements ordinaires. J'aimais ce décapage, et leurs corps, aussi, qui avaient servi, qui s'étaient élargis pour l'enfant. Je passais après lui, après eux. J'étais l'homme du soir et de la nuit, quand les enfants dormaient dans les chambres closes. Ils ne me voyaient pas, et je ne voulais pas les voir. Je n'étais pas officiel, ni second. Elles savaient qu'il ne fallait pas me demander cela, mais les heures longues des travaux du lit, et d'être écoutées. Je ne m'endormais pas, après. J'ai toujours très peu dormi ; et maintenant encore moins. Je posais une ou deux questions ; je les lançais sur leurs pistes, fraîches, vivantes. Elles sortaient du silence meublé ; elles sortaient de l'insignifiance du parler pour ne rien dire, ou autour des autres. Elles avaient une histoire, puisqu'elles me la racontaient. J'aime les histoires. Je ne leur volais rien. Je ne leur ai pas fait de mal. Nous nous sommes laissés parce que le temps passait et que nous avions moins de désirs, et que tout avait été dit de ce qui peut l'être entre un homme et une femme quand ils n'ont d'autre projet commun que de se dire.

Marlène ne parlait pas de l'avenir. Elle ne parlait pas des enfants. Elle ne s'intéressait pas aux nourrissons ; les petits la mettaient mal à l'aise. Elle en avait beaucoup gardé, cependant, en Normandie, et elle avait des gestes sûrs, précis et justes quand, d'aventure, ils lui étaient laissés par l'une de mes nombreuses et prolifiques cousines de passage à la maison. On pouvait lui faire confiance ; les mères aimaient cela, qui sentaient qu'elle ne chasserait pas sur leur territoire. Les enfants, d'ailleurs, étaient en paix avec Marlène ; ma mère disait qu'elle avait la main, comme d'autres ont la main verte.

Les deux sœurs de ma mère avaient eu, chacune, trois filles, toutes munies d'enfants et d'un mari. La maison d'en bas était à mes cousines un point de ralliement pour de brèves et nécessaires retrouvailles, à la fin des vacances des uns et des autres. Ma mère était l'aînée, la généreuse aux mains vives, la tante d'enfance que la mort de mon père avait à peine assombrie. Mes cousines l'aimaient, aimaient aussi sa grande maison où mes tantes, moins bien mariées et d'humeur moins amène, laissaient volontiers leurs filles assouvir, une fois par an, leurs envies tribales. Le dernier dimanche d'août, jour de la fête patronale, était la date obligée de la célébration du rite. Pendant des années, nous traversâmes, mon frère et moi, la moitié de la France, en une fin de nuit et une demi-journée, pour tomber, à l'heure de l'apéritif, dans le nid chaud d'une maisonnée bruyante, trépidante, percée de cris d'enfants et pavoisée de robes fleuries.

Mes cousines étaient gaies, ardentes et jolies ; elles résistaient vaillamment à des existences routinières dans les banlieues trop neuves de Clermont, Lyon ou Paris. Elles nous accueillaient, Richard et moi, par un chœur improvisé des plus roboratifs, nous embrassaient dans les oreilles, prétendaient que nous sentions mauvais, nous coulaient dans des bains amoureusement préparés, et nous tendaient, par la porte entrouverte de la salle de bains, du linge frais, repassé par leurs soins, tandis que leurs maris, abasourdis, se plaignaient à qui voulait les entendre d'avoir à quémander en vain, depuis des années, de semblables égards.

Tels étaient nos jeux, improvisés et savants. Quand nous ne revînmes plus de Normandie, nous descendîmes de la maison d'en haut, vêtus à la hâte et les joues marbrées de barbe dure. Nous réinventâmes ce qui ne serait plus, et Marlène nous envia ce cérémonial. Il lui parlait de ce qu'elle n'avait pas connu, et à peine deviné, de troupes d'enfants gais et tapageurs, d'insouciance, de simplicité. Il nous rafraîchissait. Elle ne se moqua pas ; elle sourit, ne perdit rien de la fête, et soigna les desserts. Elle fut adoptée.

Les cousins vieillissent ; nous vieillissons. Marlène est si jeune : c'est presque une douleur de la regarder. Nous faisons tous semblant d'y croire, à notre fête, à l'été, au clan. C'est peut-être mieux que rien. Il n'est pas question de renoncer. Il faut tenir, là comme ailleurs. Tenir toujours. Je suis fatiguée. Je supporte Gérard. Les enfants me pèsent. Quand ils n'auront plus besoin de moi, je serai tout à fait vieille. Je fais tout normalement. Le mari, les enfants, le travail. Je suis fatiguée. Ici il ne faut pas le dire. On n'a pas le droit ; parce que c'est l'été. Parce que c'est notre fête ; ça ferait de la peine à la tante qui se donne tant de mal pour que tout le monde se sente bien. Je ne la crois pas naïve. Elle sait voir et entendre.

L'oncle et elle se sont beaucoup aimés ; ils ont eu de la chance. Une année, pendant les vacances, je devais avoir huit ou neuf ans ; ils en avaient plus de quarante tous les deux ; un peu plus que moi aujourd'hui. Il faisait très chaud. J'étais dans le jardin sur la balançoire. Je suis rentrée pour boire. J'ai entendu du bruit dans la salle de bains ; j'ai cru que la tante pleurait. Je me suis approchée, mais je n'ai pas appelé. La porte n'était pas fermée, seulement poussée. Elle était sur lui, dans la baignoire ; l'eau coulait en pluie sur eux. Je n'ai pas compris. Je suis restée longtemps, à cause d'elle, de ses seins, et de son petit gémissement rauque. Elle était comme une bête ou un enfant qui pleure.

Mais je sentais qu'elle n'avait pas mal ; au contraire. Je ne me souviens pas de l'oncle ; pas de son visage ; seulement de ses mains, qui étaient très brunes sous ses seins à elle ; il les remontait, les pressait l'un contre l'autre. Il tenait les bouts entre ses doigts. Ils étaient très durs. C'était la première fois pour moi, et la seule. Je n'en ai jamais parlé à personne ; même plus tard, quand j'ai su.

Gérard et moi ; comme ça ; avec tout ce désir, en plein jour ; ni dans la baignoire, ni ailleurs. C'est presque toujours le matin. Le soir il dort. Il faut qu'il se lave, tout de suite après. Il se sent sale. Il ne tient plus en place. Il le dit, et il sourit en m'embrassant sur le front. Il est à peine moite. Il transpire peu. Il n'a pas mauvaise haleine, même le matin. Ensuite il part travailler, ou faire du vélo le samedi et le dimanche. Il a un corps dur, un corps utile, qui fonctionne, qui sert, à marcher, à courir, à fabriquer des choses. Il donne ce qu'il peut. Il ne pense pas à tout ça. Il est du matin. Il aime l'aube; il aime être seul. Quand il rentre, les enfants se lèvent à peine. Il s'en occupe mieux que moi; il aime les toucher, sentir qu'ils grandissent. Il est patient. Les enfants l'écoutent. Il est fier qu'ils soient si beaux. Le dimanche je pourrais rester au lit, si je voulais, faire la grasse matinée. Il est gentil. Parfois je pleure.

Ici, il n'est de printemps que furtif, comme honteux de recommencer, de réveiller les vieilles écorces, les plates étendues d'herbe lisse, de sonner le rappel des choses vertes, sommées d'exister encore, vouées à un sursis dans la très brève gloire de l'été. Quelques journées de fin mars, ou de début avril, se donnent au bleu, à la légèreté coruscante d'un air soudain moins âpre. Au bord des routes, les talus blondissent, frisottés de vent clair. Quelque chose change. Viennent ensuite les longues pluies froides, les neiges persévérantes de mai, les gelées blanches de juin. Mais le signal a été donné des fleurs insensées, des herbes longues, et des persiennes closes sur une lumière insolente, dans le temps des siestes striées de soleil, au fond des chambres odorantes. La douceur ne sera pas toujours refusée. Il suffit d'attendre.

Je sais attendre. J'ai appris cela de ce pays. J'ai attendu d'autant plus ardemment, cet hiver-là, que, dès le début de mars, nous avons commencé à travailler dans la maison d'en haut. Marlène venait avec moi. Je lui confiais des tâches minutieuses. Elle s'appliquait comme une enfant, en silence. Elle portait des gants et une salopette bleue. C'était un vêtement d'atelier, ma première salopette, que mes parents avaient achetée pour mon trousseau de pensionnaire quand j'étais parti au lycée professionnel d'Aurillac. Le tissu en était souple, pâli aux genoux. Je l'ai gardée. Je sais où elle est. Pour travailler, Marlène relevait ses cheveux. Je humais sa nuque. Elle se collait contre moi. Sans se retourner. Mes mains étaient sur elle. Je savais exactement comment elle mordait sa lèvre inférieure. Elle gémissait. Elle secouait la tête. Ses cheveux se dénouaient. Ils coulaient sur moi. Je prenais dans ma bouche leur chair rousse et tiède.

Nous avons habité la maison en juin. C'était l'année de la grande sécheresse ; l'été est venu très tôt, mais, le premier soir, nous avons fait un feu, au bord de la nuit, pour le plaisir. J'ai le feu dans les mains ; il sort d'elles, apprivoisé toujours et têtu.

Il fut l'hôte premier de notre royaume, le premier et le plus sûr. Nous ne voyions personne, ou presque. Ma mère montait parfois, quand il faisait beau ; elle aimait savoir sa maison d'enfance entre des mains amoureuses. Elle ne se prononçait pas sur la nudité des pièces, le blanc des murs qu'elle n'aurait pas choisi. Elle ne disait pas non plus : « C'est le goût des jeunes ; les jeunes font comme ça aujourd'hui. » Je crois qu'elle aimait seulement se tenir au milieu de cette paix. La maison était comme le prolongement des terres nues, muettes sous le long cri du vent, qui la cernaient de toutes parts ; elle les respirait par toutes ses fenêtres, ouvertes l'été, closes l'hiver, jamais voilées. Le pays entrait dans la maison, tout le temps, la pénétrait. Nous l'avions voulu ainsi, et nous vivions sous le grand regard des choses, dans la pupille écartelée du monde.

Roland montait régulièrement. Il était menuisier, fils de menuisier, vieux garçon, silencieux par nécessité et solitaire par vocation ou habitude. Il avait quelques années de plus que moi, et avait vécu jusqu'à trente-cinq ans sous la férule d'une mère terrible, ogresse, tyrannique et démesurée, dont les coups d'éclat avaient longtemps nourri la chronique narquoise du bourg. On l'appelait l'Ange Blanc ; non qu'elle fût en rien angélique ou éblouissante ; ce surnom lui était resté d'une enfance de misère où elle avait suivi de ferme en ferme un père fantasque, ouvrier agricole par intermittence, cordonnier et rémouleur par tradition familiale. Elle avait dû être blonde, claire de peau. Je me souviens surtout de ses yeux très bleus, de son regard dur qui vous perçait jusqu'à l'os. Son père, l'hiver, voyageait dans le nord de la France et jusqu'en Belgique ; un printemps il était revenu avec cette fillette diaphane, qui n'avait pas plus de quatre ou cinq ans, parlait comme un livre, et ne se laissait attraper par personne quand, dans les cuisines des fermes, les femmes, saisies de pitié, lui proposaient une sucrerie, un vêtement chaud ou un brin de toilette. Elle buvait du vin à peine coupé d'eau et, à dix ans, était rompue à tous les travaux des hommes. Elle fréquenta peu l'école, assez cependant pour savoir lire et écrire. Elle épousa à dix-huit ans le père de Roland, qui avait le double de son âge et un métier solide. Elle fut l'homme de la maison.

Le père de Roland était mort d'humiliation longue et de boisson. Son frère était parti faire le ferrailleur dans les Vosges. Roland était resté parce que là était sa place. Il était l'aîné. Nous n'étions pas allés à l'école ensemble ; je l'avais connu sur des chantiers ; il travaillait bien, mais répugnait à côtoyer les autres artisans. Il n'aimait pas les blagues de fesses, ne buvait pas et ne fumait que la pipe. Il allait à la messe tous les dimanches et n'avait pas la télévision. Le corps de Marlène, sa peau, ses cheveux, tout ce qui échauffait les autres mâles de la commune, lui était indifférent. Il aimait sa façon de se taire, si rare pour lui chez une femme ; sa façon de glisser sur les parquets blonds et de lire devant le feu, le soir, quand toute la nuit du monde cognait aux vitres. Personne ne vivait ainsi dans les maisons qu'il connaissait. Il ne nous gênait jamais.

Quand il arrivait, son chien le précédait sans aboyer. C'est avec le chien que tout a commencé. J'ai dit « avec » ; je n'ai pas dit « à cause de ». C'était en fait une chienne ; une bâtarde frétillante, frénétique, courte sur pattes et éperdue. Indécise de poil, rousse, tavelée de blanc, la langue rose et les yeux jaunes, elle vouait à son maître une adoration indicible. Sa robe était douce, tiède, lisse et toujours propre ; nous soupçonnions Roland de la laver, mais nous n'osions pas lui poser la question. La chienne eut des petits. Roland en garda un qu'il offrit à Marlène le jour de notre troisième Noël dans la maison d'en haut.

Chaque année je proposais à Marlène d'aller en Normandie ; elle aurait fait plaisir à sa grand-mère. Elle ne voulait pas. Elle conservait de ses Noëls d'enfance le souvenir lancinant d'une marginalité honteuse : le 25 décembre était une des plus grosses journées de l'année, à la boutique. On n'avait pas de temps pour la merveille. Le grand-père dormait à peine deux heures, entre les dernières commandes de pâtisserie et les premiers croissants. Marlène ne se souvenait pas d'avoir cru au Père Noël. Très tôt elle avait su se rendre indispensable, témoignant d'une autonomie sans faille et d'un goût parfait dans la décoration des bûches. Le cadeau de ses grands-parents, celui de sa mère, venue en hâte et repartie dès que possible pour échapper à la fébrilité familiale, lui étaient remis le 26 au matin en un simulacre de fête dont elle n'était pas dupe. Elle aima notre façon d'être ensemble, notre sens du rituel qui l'acceptait sans la contraindre. Dès le début du mois de décembre, elle réglait avec ma mère, en de patients conciliabules, le cérémonial minutieux des desserts, dont elle était la prêtresse reconnue de tous. Cette année-là, comme les autres, le déjeuner avait été long, riche, gai et bruyant dans la maison d'en bas, autour de ma mère, de mes tantes, de quelques cousines et de leurs enfants. Il faisait déjà nuit quand nous sommes remontés. Nous aspirions à notre silence, à notre feu, à la peau. Roland passa vers neuf heures. Il était en bleu de travail. Il posa le chiot sur la table, bougonna quelques recommandations et refusa de s'arrêter plus longuement : la chienne était dans la voiture ; il reviendrait un autre jour avec elle, mais il fallait d'abord que le petit s'habitue et elle aussi, la mère, à ne plus l'avoir ; il ajouta qu'elle était très maternelle et que le petit s'appelait Bibine.

On a bien mangé. C'était mieux que l'année dernière. Thérèse, elle a jamais été très forte pour la cuisine. Michel en savait plus qu'elle. Pourtant la mère nous avait appris à toutes les trois. On a tout perdu. Les gâteaux, les fondants et tout le reste, ça, je dois dire, je m'incline ; elle est douée cette Marlène. Thérèse le dit, mais elle voit le bien partout. Moi, cette fille, avec l'allure qu'elle a, toujours en noir, et rousse par-dessus le marché, je l'aurais pas crue ménagère, femme d'intérieur, attentionnée. On se trompe. Il paraît que la maison, là-haut, c'est impeccable. Je suis pas invitée, alors j'y vais pas. Je demanderai rien. C'est Thérèse qui l'a eue dans le partage, par droit d'aînesse, un fameux cadeau, un port de mer, pas habitable, aux quatre vents, bloqué à la première neige. Nous, au moins, on a pas fait de sentiment. Les terres, on a pu les vendre, tandis que ça, au bout du monde, personne en aurait voulu. Ils étaient longs les hivers, là-haut : le dimanche, on descendait à la messe ; une heure à pied pour aller par les raccourcis ; autant pour revenir ; on voyait les feuilles sur les arbres et nous on avait encore rien ; et la boue dans les chemins, dix mois par an ; ils étaient pas goudronnés à cette époque ; les filles de l'école des sœurs nous regardaient comme des bêtes curieuses, les trois sauvages de la montagne ; elles faisaient les demoiselles ; elles avaient des souliers vernis. Aujourd'hui c'est facile, avec le chasse-neige de la commune, le chauffage central, et la salle d'eau. Il a même fait une salle d'eau, Laurent; il sait travailler quand il veut. Mais il faut qu'il veuille. Il a la tête dure. Il tient de notre côté. Je suis pas sa tante pour rien. On en avait pas autant à leur âge; on s'était déjà endettés pour la maison; avec trois filles sur les bras et un petit salaire d'ouvrier, il fallait compter. Eux ils ont l'air à l'aise; évidemment, sans enfants, on pense à soi, et c'est tout. C'est vite vu. La gravure de mode, ça la déformerait de faire des enfants peut-être, comme les autres; elle en lirait moins, des livres; elle se promènerait pas autant; elle a le teint frais avec ce régime. Laurent, il est à l'âge d'être père. Après on est trop vieux. C'est pas lui qui commande, c'est sûr. Elle a tout pour briser un ménage, cette fille; il faut voir comment les hommes la regardent; tous, les vieux, les jeunes. Il a pas l'air inquiet Laurent; elle doit savoir l'endormir; elle a ce qu'il faut. Il est naïf, et Thérèse aussi. Moi je dis rien. Je suis pas méchante. Je me mêle pas de leurs affaires. J'attends de voir.

C'était un mâle; jaune et débonnaire. Marlène n'avait jamais eu d'animal. Ses grands-parents n'en auraient pas toléré dans la maison, à cause de la boutique; elle n'en avait d'ailleurs pas demandé. Les deux chats de ma mère, plantureux et tyranniques, ne l'avaient pas conquise; mais Bibine l'apprivoisa aussitôt et s'en trouva fort bien, au point de ne pas reconnaître sa mère quand Roland vint partager avec nous la galette des Rois.

J'aimais les mois de janvier et de février, quand le cours des choses semble suspendu, hésitant devant la profusion d'une année nouvelle. Le temps est large. La lumière gagne, s'insinue aux lisières des soirs, des aubes pâles. Certains matins, la vraie neige d'hiver nous surprenait, puissante, immodeste, souveraine et silencieuse. Marlène, muette et recueillie, la goûtait. Enfant, elle avait lu et relu *La Reine des neiges,* dans un pays où il ne neigeait jamais que parcimonieusement, où la boue brune, très vite, l'emportait sur le grain satiné de la fugace merveille. Elle se souvenait aussi d'une meringue ronde baptisée par elle « boule de neige », suprême récompense des déjeuners dominicaux, qu'elle léchait à petits coups de langue appliqués et insistants, au grand dam de sa grand-mère, à la seule fin de retarder le plus longtemps possible le moment déplorable de la mise à mort où la meringue, vaincue, effritée et lamentable, se répandrait dans l'assiette de porcelaine.

Si je travaillais l'après-midi, Marlène sortait avec le chien. Il trottait devant elle, avide d'air cru et d'herbe froide. Il allait et venait, attentionné, empressé. Sa dévotion était totale. Un soir d'avril, ils rentraient de promenade, en traversant la route du bourg, Bibine fut heurté par une voiture. La conductrice était pressée ; elle s'arrêta cependant, et proposa à Marlène de transporter le chien jusque chez le vétérinaire le plus proche. Marlène, qui ne conduisait pas, accepta. Le vétérinaire ne faisait pas de sentiment ; il avait l'habitude de soigner ce que ses clients et lui appelaient des « bêtes », et non des chiens, des chats et autres canaris. Il faisait dans le bétail utile, veaux, vaches, chevaux, cochons, et non dans l'animal de compagnie. Il méprisait « la canine » et s'irritait de voir les mœurs citadines se propager sur son territoire. Sa femme accueillit fraîchement Marlène et lui concéda du bout des lèvres l'autorisation d'attendre le retour de l'homme de l'art, non sans préciser qu'il lui en coûterait cent vingt francs pour faire piquer un chien, fût-il dans cet état.

Marlène attendit, plus d'une heure ; immobile. Bibine respirait calmement sur ses genoux. Il ne bougeait pas, ne saignait plus. Ses yeux étaient ouverts, son regard vif. Il avait confiance ; elle le sortirait de là. Le vétérinaire arriva enfin ; je le connaissais ; je l'avais croisé plusieurs fois, dans des étables, dans des cuisines de ferme. C'était un autoritaire, un silencieux efficace. Il avait une façon carrée, singulière, de se laver les mains au robinet de l'évier, de s'asseoir, de boire le café préparé pour lui dans les maisons où il passait. Les femmes le savaient ;

jamais d'alcool ; jamais autre chose que du café, serré, sans sucre. Il n'était pas du pays ; il venait de la Somme. C'était au nord de la France, là-haut, un coin tout plat, où l'on faisait des céréales, des betteraves à sucre. En tout cas, c'était un homme ; on le respectait. Il connaissait les bêtes, et les gens aussi ; il savait prendre les uns et les autres. Il était à sa place. Il avait un prénom rare et doux, Alban.

Il n'avait jamais vu Marlène. Prévenu par sa femme, il entra en bougonnant dans la salle d'attente. Je crois que pour lui aussi ce fut une rencontre. Je veux bien le comprendre. Je ne peux pas faire autrement. J'essaie d'imaginer : les battements du cœur, soudain, plus vifs, sourds, presque douloureux ; ou le coup au creux de l'estomac ; ou les mains qui tremblent, les jambes molles. Quelque chose de tellement inhabituel ou d'oublié ; surtout pour un homme comme celui-là, un maigre de corps, un solide, un caparaçonné. C'est un moment grave, et qui m'échappe. Tout de suite il a été dérangé par elle ; tout de suite il a dû comprendre, ou du moins sentir, qu'elle était un danger pour lui, pour la vie qu'il s'était fabriquée avec ses mains larges d'homme fort. Elle était très belle, plus belle que quatre ans plus tôt, quand je l'avais trouvée, moi ; plus belle chaque seconde. C'était dans sa peau, dans ses cheveux, dans son éloignement du monde, dans l'écart entre cette distance et sa présence, sa façon de marcher, de s'asseoir, de pencher la tête. Elle avait les yeux verts.

Celle-là, avec son corniaud; j'attendrai, j'ai tout mon temps, qu'elle disait. Elles se croient tout permis ces gamines. C'est jeune; c'est bien tendu; ça tient. Et ils courent; et ils la tirent, la langue. Des chiens courants; des chiens de chasse; pas mieux que des bêtes. Ils me dégoûtent. Même lui. J'aurais pas cru ça; la raccompagner; panser le chien; il est bon à piquer, le chien. Depuis quand il s'intéresse aux chiens, lui? Il était ridicule. Elle doit bien rire la fille; et elle a raison. On en reparlera. Elle a l'âge de Valérie. C'est l'âge qui fait tout.

Non. J'ai jamais été comme ça moi. Et Valérie non plus; elle se tient pas comme ça; elle marche pas comme ça. Elle est mignonne; elle est fraîche; mais elle se comporterait pas de cette façon avec un homme; surtout un homme qui pourrait être son père. Et lui, il aimerait que sa fille parte dans une voiture, la nuit, avec un type qui a des idées? Je lui poserai la question. Il répondra pas. Il répond jamais rien. Avec lui on peut pas parler.

Au fond il est comme ma mère. Ils sont pareils; les mêmes. Ils s'assoient sur les choses. Ils travaillent; ça, on peut pas dire le contraire. Ils travaillent et ils se taisent. Ils s'imaginent que si on parle pas des problèmes, ils cessent d'exister. On oublie, on s'habitue, on s'arrange. C'est vivre. Ils voient rien ; ou ils font comme si.

Elle savait, ma mère, qu'il y avait une autre femme, et un enfant. Tout le monde le savait. Elle aussi, forcément, à la longue. Le demi-frère, tout de même, c'était gros. Il avait huit ans quand j'ai su. C'est moi qui ai fait le reproche à mon père. Il m'a raconté. Il disait qu'à vingt ans on peut comprendre. Surtout moi. J'étais l'aînée. Il était fier, de mes études, que je sois indépendante, que je gagne ma vie. Il aurait voulu étudier. Tout, sauf les vaches ; être paysan, la terre, les bêtes, il détestait ça. Même le jardin, il le faisait à contrecœur. Cantonnier, c'était déjà une promotion. Il était très soigné, toujours impeccable, très exigeant pour le linge. Il faisait attention à ses mains. Il voulait pas avoir l'air d'un ouvrier, de quelqu'un qui travaille avec sa force. Il était plein d'envies, sans la vraie volonté pour réaliser, pour aller au bout.

L'autre femme, elle était d'une grosse famille de marchands de toile ; elle était restée veuve, très jeune, sans enfants ; il fallait voir la maison à Marcenat, avec une tour. Les magasins étaient à Brive. Elle venait souvent, en voiture, avec son fils, mon demi-frère, le fils de mon père. Elle conduisait vite. Elle voulait pas se remarier ; elle voulait sa liberté. Elle avait quelqu'un d'autre à Brive. Les gens l'appelaient la Veuve ; ils l'aimaient pas, mais ils la respectaient à cause de la maison, de la voiture, de l'argent qui se voyait. Mon père était ébloui ; ça devait lui plaire à elle de le dominer, d'être la maîtresse. Il avait une âme de chien ; c'était mon père mais il avait une âme de chien.

Il a dû sentir le danger tout de suite ; et cependant, et à cause de cela, il s'est occupé du chien. Marlène a parlé de me prévenir pour que je puisse venir la chercher et payer la consultation ; elle n'avait pas d'argent sur elle quand elle se promenait. Il n'a pas voulu qu'elle me téléphone ; il a dit qu'il allait la reconduire, qu'il avait une bête à voir tout près de chez nous. Marlène n'a pas protesté ni posé de questions. Elle avait l'habitude des volontés fortes ; elle pliait et échappait, en même temps. Je crois qu'elle a su tout de suite de quelle nature était le vouloir de cet homme, mais qu'elle n'en a pas soupçonné l'immédiate densité. Elle n'avait connu que moi. Elle n'avait que de l'intuition, pas d'expérience. De toute façon, on ne peut rien changer ; il n'y a rien à changer.

Bibine avait deux attelles ; il était bardé de bandages blancs surpiqués de bleu, comme une momie ou un enfant au maillot du début du siècle. Sous l'œil réprobateur de sa femme, le vétérinaire l'amarra sur la banquette arrière de sa Land Rover. Marlène monta devant, à côté de lui. Je ne peux rien savoir de ce moment. Tout me résiste. C'est leur histoire ; elle leur appartient déjà. La nuit était tombée, froide. Il aimait Bach, intégralement et exclusivement ; sa voiture était son salon de musique. Je le savais pour avoir entendu, dans les cours de ferme, au moment de son arrivée ou de son départ, quelques échos vite hachés par un claquement de portière ou couverts par le bruit du moteur. Les gens disaient qu'il roulait comme un fou, avec sa musique à fond ; un jour, il arriverait quelque chose ; il était tout seul sur la route ; pire que les jeunes. Il a foncé dans la nuit, et dans la musique ; avec Marlène à son côté. Et il s'est senti vivant, plus que jamais. Et il est entré dans un autre ordre ; je sais cela ; parce qu'elle était là. Elle ne voulait rien ; elle avait ce pouvoir. Certaines femmes l'ont. C'est une question de rencontre. Le vétérinaire et moi avons fait la même rencontre. Lui après moi.

Je pense parfois à elle sous lui. Il est immense, anguleux, dru. Il est comme un ogre ; il doit l'avaler, la dévorer, plusieurs fois, pour la contenir, pour s'en défaire, pour s'en guérir. Parce qu'il n'est pas comme moi ; il a peur ; depuis le début, le premier soir, le soir du chien. Il n'a pas été premier. Il sait qu'elle peut partir ; et comment elle part. Moi, je ne le savais pas. Je ne savais pas comment les femmes partent. À la maison je l'attendais. J'étais fou d'inquiétude. J'avais téléphoné à ma mère, à la gendarmerie. Personne ne l'avait vue ; on n'avait pas signalé d'accident. Je n'arrivais pas à imaginer. Elle allait téléphoner. Je n'osais pas sortir ; pour la chercher où ? Les terres nues dans le vent noir, autour de moi, se taisaient. Elle était perdue ou blessée ; elle avait très peur. Elle m'attendait, avec le chien, qui lui tenait chaud. J'ai appelé Roland. Il n'a pas posé de question. Il est venu tout de suite. Il était pompier volontaire : il avait pensé à apporter une petite trousse de secours. Nous prendrions des lampes torches, et nous irions tous les deux crier son nom dans la nuit. Je n'avais jamais crié son nom dans la nuit ; ni celui d'aucune autre femme ; ni aucun nom.

Ils sont arrivés quelques minutes après Roland. Nous étions dans la cuisine, elle et nous, les quatre. Roland a servi du café. Elle s'est occupée du chien. Elle a raconté ; elle n'a pas dit grand-chose. J'attendais d'être seul avec elle. Je mesurais les contours de ma peur, et mes mains caressaient le chaud de la tasse. Il parlait avec Roland. Il ne me regardait pas. Il la suivait, elle, des yeux, quand elle allait et venait autour du chien. Il s'est levé pour l'aider. Ils étaient penchés devant le feu. Lui, brun, les mains longues ; elle, avec ses cheveux de lumière. Je ne voyais que ses cheveux. Le chien était là, entre eux, dans la corbeille à linge, sur une couverture. J'ai senti les yeux de Roland sur moi ; il a dit bonsoir ; il est parti. J'ai voulu payer le vétérinaire. Il a dit que non, qu'il reviendrait, ça n'était pas gagné pour le chien, il passait souvent dans le coin. Je crois maintenant qu'il essayait déjà de se rassurer, lui. Il voyait sa folie ; elle montait ; il ne pourrait rien contre elle ; il essayait d'endiguer la force, le flot. Il avait peur. Il se sentait très fragile. L'ivresse n'a dû venir qu'ensuite, quand il a été certain que, elle aussi, elle était prête. C'était en lui une fièvre oubliée, ou jamais connue, qui prenait tout son sang et mangeait sa vie. Il est sorti dans le noir ; la nuit l'a avalé. J'ai vu passer ses phares sur la route. Il n'est pas allé chez les voisins.

Il a bien fait de m'appeler, Laurent. Les plateaux, on les connaît. Si elle avait été perdue quelque part, on l'aurait retrouvée. Il aurait mieux valu. Il va s'accrocher le vétérinaire. Il la veut. Marlène et lui, ils sont comme des chiens, ma mère aurait dit. Il va la prendre. Elle ira avec lui. Il y a des hommes qui sont comme ça avec les femmes. Ou l'inverse. Des femmes avec les hommes.

Ma mère aurait pensé du mal de Marlène. Elle aurait parlé à Laurent : « Méfie-toi. Tu as trop confiance. Il faut l'occuper, cette fille. Faire des enfants ; ça la tiendra. Sinon… Tu rigoles ?… Tu verras. » Elle était capable de dire des choses comme ça ; en buvant un coup. Elle avait des avis sur tout, sur la télé, les journaux, la politique, les gens, ce qui leur arrive dans la vie. Elle s'intéressait. Des fois, le soir, elle criait à mon père, en parlant de la fille qui présentait les programmes à la télé: «Tu devrais la faire venir, pour passer l'hiver; ça me déchargerait. Tu soulagerais tout le monde.» Mon père secouait la tête et sortait. Plus tard, je les entendais se disputer dans la chambre. Moi, j'aurais bien aimé qu'elle vienne, la speakerine. J'aurais bien aimé être soulagé.

Mon frère, ça le faisait rire. Il a toujours ri de tout. Il gagne de l'argent. Il a une femme, une divorcée. Elle a une grande fille. Ils veulent pas d'autre enfant. Il était décidé à partir. Il ne voulait rien d'autre; et surtout pas rester ici. «S'enterrer, il disait; s'enterrer vivant, avec la mère. Tu finiras comme lui, là-haut, comme le père. T'es bien placé pour le savoir. C'est toi qui l'as trouvé. Je sais pas comment tu peux encore entrer dans l'atelier. Subitement. Tu parles. Et ils l'ont cru les gens. Et la mère, elle a bien su pleurer pour le demander au médecin, le faux certificat. Pour nous éviter la honte, à nous, aux fils. C'est ce qu'elle a dû dire; je l'entends. C'est lourd à porter; vous le savez bien; vous êtes du pays. Les gens voient tout par famille. Mon mari avait pas de tête. Il en a jamais eu. Si j'avais pas été là, il aurait bu. Vous savez comment c'est ici. Je l'ai tenu. Tenu, oui. Elle te tient toi aussi. Et t'es pas près d'en sortir.»

Il m'a parlé comme ça mon frère; il revenait du service. C'était plus un gamin. Moi je l'ai pas fait le service, j'ai été déclaré soutien de famille. Je lui ai rien répondu. Il a toujours été plus malin que moi. La mère le disait : il est plus vif, il a toujours le dernier mot. Elle était de son côté. Quand il est parti, elle est devenue encore plus terrible. Moi j'ai jamais rien à dire aux gens. De toute façon, ils écoutent pas. C'est la dernière fois que nous avons parlé avec mon frère. Pour l'enterrement de la mère, on a rien dit. Sa femme est venue. Ils sont pas mariés. Il vit avec elle. Elle est plus vieille ; ça se voit. Elle a pas voulu dormir à la maison. J'avais tout préparé. Ils sont allés à l'hôtel. Il pleurait au cimetière, devant les gens. Pas moi.

Nous n'avons pas parlé ce soir-là. Le lendemain après-midi, nous avons fait l'amour. C'était un jour de grande lumière ; déjà puissante, têtue, sûre de l'été à venir, elle cognait à la fenêtre de la chambre. J'ai demandé à Marlène si elle avait pensé à lui. Elle a dit que oui. Elle savait qu'il allait revenir. Je crois maintenant qu'elle avait aussi mal que moi. C'était un coup dans mon ventre, un nœud, un creux. C'était d'abord de la douleur, une question de corps. Il fallait se rassurer, continuer, attendre pour savoir, pour voir. Je ne me suis pas battu. Se battre comment. On n'a droit à rien. Chacun s'appartient, dans la solitude de sa peau. Je n'ai pas pleuré ; devant elle. Je ne l'ai pas suppliée.

Il est revenu trois jours plus tard. Il avait résisté trois jours. Pendant ces trois jours, il avait tout décidé. Il s'était découvert prêt à trancher dans sa vie, et dans celle des autres. Il était très fort. Il était venu lui dire ça. Il s'était à peine donné le temps d'avoir peur. C'était le matin. Il avait choisi le matin. J'étais sur un chantier. Je l'ai croisé en rentrant. Il m'a fait un signe de la main ; un signe lent, grave ; sa main s'est détachée du volant. Il m'a semblé que ça durait très longtemps ; que c'était très difficile pour lui aussi ; j'ai répondu ; j'ai fait à peu près le même geste.

Plus rien n'était possible. Je cherchais. Quelque chose en moi, quelque chose en nous, une fissure, une fêlure avait permis cette rencontre, l'avait rendue possible. Quelque chose que j'aurais fait, moi, ou que je n'aurais pas fait, un geste oublié, irrémédiable. Nous avions été tellement miraculeux, si peu habitués, si flamboyants l'un à l'autre dans le frottement de nos solitudes. Je cherchais, dans la confusion de la douleur, à l'aveugle, les tempes serrées, le corps lourd ; comme si l'on remontait jamais aux sources des histoires ; comme si de savoir comment elles se défont pouvait les empêcher de se défaire. De glisser vers le vide. Je n'avais pas de colère, pas encore, pas au début, pas tout de suite.

Mai et juin sont souvent pluvieux ici ; des pluies chevelues, obstinées. Le pays se refuse à l'été.

Cette année-là, il a neigé à la mi-mai. Nous nous sommes réveillés un matin, cernés de lumière diffuse. Le chien était guéri ; il mangeait la neige ; il la mordait, de ses jeunes dents blanches. Je le détestais. Je me suis senti découragé. Il fallait que les choses s'accomplissent. Nous n'aurions plus d'hiver, entre le feu et la nudité du monde. Nous parlions très peu ; nous étions vaincus. Marlène glissait dans la maison. Elle s'occupait des choses qui restent dociles, se laissent faire, rassurent, apaisent ; la cuisine, le linge, les objets. Elle sortait les jardinières de vivaces et plantait des fleurs contre le mur du sud, le seul qui fût à l'abri du vent. Autour de la maison d'en haut, le vent était le maître.

Lui quittait tout. Il allait recommencer autre chose, ailleurs. Avec elle, pour elle. Elle le suivrait ; plus tard ; elle le rejoindrait. Il avait confiance. Il avait raison. C'était une femme que l'on n'installait pas dans l'à-peu-près, dans le provisoire. Pour elle, il voulait d'autres lieux, où les regards pèseraient moins, où l'on n'aurait sur eux rien d'autre à raconter que sa jeunesse à elle ; qu'elle était belle ; qu'il aurait pu, lui, être son père ; qu'il avait des enfants, d'ailleurs, deux, de grands enfants ; sa fille venait aux vacances ; c'était un homme qui avait refait sa vie, certainement ; en tout cas, il connaissait son métier ; et elle, elle était discrète ; on ne la voyait jamais ; il faisait même les courses. Elle sortait peu ;

à croire qu'elle avait peur des gens ; ou qu'elle ne voulait pas les voir. J'étais déjà dans cette vie-là. Je la déroulais dans le vide des après-midi, sur les chantiers. J'imaginais tout. Je les savais par cœur. Ils ne m'échappaient pas. Parfois je pensais que ce n'était pas une maladie. J'avais recommencé à travailler beaucoup.

Alban,

J'ai reçu ta lettre ce matin. En huit ans de secret tu m'as écrit deux fois, pour me donner notre premier rendez-vous et pour me demander de ne pas garder l'enfant. Tu n'es pas un homme à phrases. Tu vas directement à l'utile. Quand j'ai reconnu ton écriture sur l'enveloppe, j'ai compris que ce serait ta dernière lettre. Je l'ai laissée dans la boîte et je suis partie travailler. Je l'ai lue ce soir en rentrant. J'ai corrigé les cahiers des C.M.2 avant de te répondre. Tu as bien fait de ne pas venir ; je t'aurais dit des choses dures que je ne t'écrirai pas. Je te les aurais dites froidement. Je t'ai attendu longtemps ; pendant cinq ans ; jusqu'à l'avortement. Ensuite, j'ai continué parce que nous avions de bonnes habitudes et que c'était mieux que rien. Maintenant ce sera rien. Je ne chasserai pas. Je n'ai plus de capacité d'illusion ni de désir de construction. Mon corps vieillit ; il me dégoûte un peu plus chaque jour. Je ne le retiendrai pas sur la pente de l'affaissement. Je pourrai le laisser aller. La parade est terminée. Tu m'allèges. Je ne me sens pas humiliée parce que tu fais pour une autre ce que tu n'as pas fait pour moi. Elle a vingt-deux ans; j'en ai plus du double. C'est une circonstance hautement atténuante, pour elle plus que pour toi. Tu me connais assez pour savoir qu'il n'y aura pas de procès. Je sais me tenir; tu me l'as toujours dit. Je doute seulement de ta capacité à donner. Je doute même de ta capacité à aimer.

Francine.

Un soir de juin, sa femme est venue me voir. Elle m'attendait, assise dans sa voiture, près d'une maison en restauration où je travaillais depuis plusieurs jours. Elle avait dû me suivre, se renseigner. Je ne l'avais jamais vue, mais j'ai tout de suite su qui elle était. Elle était fatiguée ; elle était grise ; elle fumait ; elle s'était remise à fumer, plus d'un paquet par jour. Elle m'a dit aussi qu'elle ne dormait plus ; elle était obligée de prendre quelque chose ; elle n'avait pas l'habitude de ces médicaments ; elle ne pouvait pas faire autrement ; elle était bien décidée à se battre. Il faut dormir pour se battre. Il ne s'en tirerait pas comme ça.

C'était trop facile. Elle racontait. Toujours, on me raconte. Elle avait cinq ans de plus que lui ; elle avait travaillé pendant qu'il étudiait ; sa mère à lui n'avait pas les moyens, et pas de santé ; il était fils unique pourtant, mais son père était mort. Il n'avait pas traîné pour faire ses études. Il était très jeune ; il avait de l'avance et ne se laissait pas distraire. Il savait ce qu'il voulait. Elle ne s'attarda pas sur les débuts. Elle avait dû aimer ce jeune homme sec, parcimonieux de lui-même, usant d'elle et tendu vers une réussite qu'elle imaginait partagée : un cabinet, une carrière, une position, un établissement à la mesure de leur commune humiliation. Ensuite, elle avait abandonné son métier d'institutrice pour répondre au téléphone, faire les comptes, préparer les factures. C'était de plus en plus compliqué ; elle s'occupait de tout. Et pour la maison ; ils l'avaient fait construire, cette maison, que tout le monde enviait dans le pays ; jamais elle n'avait voulu être aidée. Jamais elle n'avait pris quelqu'un pour le ménage. Ils auraient pu pourtant ; mais elle était fille de cantonnier. Elle n'avait pas ces habitudes-là ; lui non plus.

Et les enfants ; deux, une fille et un garçon, Valérie et Philippe : ils étaient venus tôt, et très vite, à un an d'intervalle ; lui n'avait pas vingt-cinq ans. Dans sa voix, flottait alors, entre deux bouffées de fumée âcre, l'ombre d'un jeune homme trop maigre, embarrassé de paternités incongrues. Sa colère, un instant, fléchissait. Les insomnies des semaines passées avaient creusé là une brèche, fouillé la vieille plaie. Enceinte, elle avait dû être immense, colossale. Ils s'étaient perdus ; alors, elle l'avait déjà perdu. Elle secouait la tête, chassait d'un geste sec de ses mains courtes ce qu'elle ne dirait pas, ni à moi ni à quelqu'un d'autre. Après la naissance du garçon, elle avait exigé, et obtenu, une ligature des trompes. Deux, c'était suffisant ; c'était trop même, parce qu'on peut dire qu'elle les avait voulus seule, et élevés seule. Lui, il signait les carnets à la fin du trimestre. Il bougonnait vaguement. C'est elle qui leur avait appris à faire du vélo. Jamais il n'avait joué avec eux. Il n'avait pas le temps. Il s'énervait tout de suite. Son fils, surtout, il ne l'avait pas regardé. Elle le lui disait : s'il l'avait croisé au bord de la route, il ne l'aurait pas reconnu. Philippe s'en souvenait. On croit que les enfants ne font pas attention ; on a tort. Il était dur, maintenant, Philippe, et exigeant ; jamais un merci, jamais rien. Au fond, il était comme son père, le même.

Elle me regardait. Elle guettait sur mon visage des signes de connivence. Elle savait que je connaissais son fils ; tout le monde, dans le pays, connaissait le fils Daguet. Une plaie pour ses parents, une croix ; la preuve que l'argent ne fait pas tout. Une tête brûlée qui avait passé le bac trois fois sans l'avoir. Je l'écoutais : ils étaient allés jusqu'à le mettre pensionnaire dans la meilleure école privée de Lyon, une institution spécialisée dans les cas critiques. Il en était revenu plus révolté encore. Il était majeur depuis longtemps ; on n'insistait plus sur les études. Mais il était contre tout, et surtout contre le travail. Combien de fois elle était allée le chercher au poste le dimanche matin. Les gendarmes appelaient, d'Allanche, de Ségur ou de Condat. Il avait bu et fait du scandale avec sa bande habituelle, deux ou trois paumés comme lui. Ils cassaient, surtout des pare-brise. Ils ne volaient rien. Ils cassaient pour le plaisir. Ensuite il fallait payer, parlementer avec les gens pour qu'ils ne portent pas plainte, s'humilier devant des parents qui ne comprenaient pas que l'on ne puisse pas se faire obéir. Elle en avait avalé des couleuvres, et seule. Parce que le père, lui, il refusait de se déranger. Il y avait des urgences pour les clients, mais pas pour son fils.

Elle levait le menton. Personne n'aurait pu l'arrêter. Je n'y pensais même pas. C'était un torrent. Toute sa vie coulait, s'épanchait. Le fils était une blessure. Le départ du père en serait une autre, et les deux finiraient par n'en faire plus qu'une, la seconde expliquant la première. Elle aurait été une femme sacrifiée sur l'autel des mâles irresponsables, père et fils réunis dans la même détestation. Elle n'avait plus d'amour pour ce fils incontrôlable ; elle avait tout épuisé, tout donné ; elle le croyait ; elle le disait. Restaient l'argent, et le sens du devoir.

Elle ne le mettrait pas à la porte parce qu'elle ne voulait pas que son fils devienne clochard, ou qu'il finisse en prison. Tout ça ne me regardait pas, mais il fallait que je le sache pour bien comprendre sa situation. Tout reposait sur elle. Elle ne se laisserait pas faire. Elle en avait vu d'autres. Elle avait sa place. On ne se débarrasserait pas d'elle comme ça.

Il y a eu un silence. Je me taisais. Elle a allumé une autre cigarette. Ses gestes étaient presque hésitants. Sa voix a changé ; elle a dit que, heureusement, elle avait Valérie.

Elle exagère toujours. « Une fille de ton âge. Elle a ton âge. » Eux, c'est tellement rien depuis si longtemps. Je n'ai pas d'autres souvenirs. Rien. Un groupement d'intérêts économiques, les parents. Un G.I.E. C'est ça le couple pour ma mère. Elle a tout sacrifié… Elle se voit aujourd'hui avec un salaire d'institutrice ? Elle me l'a déjà dit : « Ma pauvre fille, un prof débutant, c'est une misère. On aurait pu t'aider. Mais maintenant, avec ce qui m'arrive. Ton père va se faire plumer. Après, elle le lâchera. Une fille comme ça ! Je l'ai vue, moi… Il pourra toujours revenir, la queue basse… » Elle n'entend pas ce qu'elle dit. J'ai honte pour elle. J'étais en cinquième ou en quatrième ; il y a plus de dix ans, en tout cas, largement ; je sortais avec elle de la boulangerie. Une femme enceinte, très enceinte, est entrée. Elle tenait toute la place. Ma mère s'est retournée et m'a dit, presque à voix haute : « Dans quel état ça les met. »

Hargneuse ; toujours, tout le temps, contre le monde entier. Mamie dit qu'elle était déjà comme ça, petite, et que Philippe tient d'elle, en pire. Elle était jolie pourtant sur les photos, l'air presque apeuré, timide. Je ne lui ressemble pas du tout. « Vous tenez de votre père. Vous tenez de lui ; mais lui, il tient pas beaucoup à vous. » J'ai l'impression de n'avoir jamais rien entendu d'autre. Ou j'ai oublié le reste. J'ai dû oublier. Je cherche. Mon père amoureux ; mon père ébloui et bouleversé. Je ne l'imagine pas. Il vit dans le bureau. La musique crie. On dirait qu'il a honte. Philippe aussi. Il ne veut pas en parler ; il fuit. « Leurs conneries ; laisse tomber ; te mêle pas de ça ; cherche pas à comprendre ; nuisibles, ils sont ; des pompes à fric ; tant qu'ils allongent, c'est bon. »

Elle s'appelle Marlène. « Un prénom de pute », dit ma mère. Elle criait à mon père : « Ta pute elle te sucera jusqu'au bout tu seras content. »

Quand Valérie avait eu son bac C avec mention bien, son père avait été fier. Il lui avait offert une voiture, une Renault 5, toute neuve, rouge, sans en parler à personne, sans lui demander son avis, à elle qui tenait les comptes. Deux jours après les résultats, il était arrivé, le soir, tard. Il avait sorti les clefs de sa poche, les avait posées sur la table de la cuisine, devant Valérie, et lui avait dit : « Va voir dehors. » Elle voulait faire véto comme lui. Il ne l'avait pas encouragée, sous prétexte que c'était trop dur pour une femme, sauf à *sombrer dans la canine.* C'était son expression : « sombrer dans la canine » ; vivre en ville ; soigner les perruches, les poissons rouges, les chats et les chiens-chiens à sa mémère. La petite avait perdu pied. Elle était capable pourtant. Elle avait repris d'autres études ensuite, de sciences naturelles ; elle réussissait bien ; elle voulait enseigner ; elle était sérieuse.

Je la laissais parler. Je regardais ses mains ; elle avait des mains rondes, des mains d'enfant aux ongles courts et bombés ; des mains qui n'allaient pas avec son grand corps osseux de femme chevaline. Elle avait dû être blonde. Elle avait à peine dix ans de plus que moi. Elle avait beaucoup de douleur, cachée derrière les choses, les comptes, et les règlements de comptes. Elle ne disait pas « Alban » ; elle disait « il ». Elle n'a pas parlé de Marlène. Elle n'a pas prononcé son prénom : « votre femme », « votre femme ». Jamais je n'avais pensé à Marlène comme à *ma femme.* J'aurais pu me mettre en colère, sans paroles, la prendre par le bras, en serrant fort. J'aurais senti l'os tout de suite, sous la chair que je devinais rare, blanche et déjà molle, à travers la manche de coton. Je l'aurais assise de force dans sa voiture. Elle n'aurait pas protesté.

Elle aurait eu peur. Plus tard, elle aurait pensé que j'étais un homme, moi aussi, à ma façon, et elle aurait été rassurée. Elle aurait attendu que je reprenne *ma femme* en main.

Je sentais une haine terrible, une haine de femelle vieillissante et vaincue. Elle avait vu Marlène. Elle savait. Je me taisais. Elle voulait me demander de la retenir, elle; de lui expliquer qu'il était trop vieux, que c'était un homme dur; il donnait tout pour le métier, il ne savait pas vivre autrement; le travail et sa musique, il ne connaissait rien d'autre. Au début, bien sûr, il pourrait faire des efforts, prendre du temps, mais très vite, il reviendrait à son naturel; surtout qu'il aurait tout à recommencer, une clientèle à créer, des emprunts à rembourser; à son âge, il serait comme un débutant; ça n'allait pas lui arranger le caractère. Il fallait empêcher cette folie. Pour tout le monde, c'était une folie. Tout pouvait encore rentrer dans l'ordre. Le temps ferait son œuvre; on oublierait. On passerait l'éponge. Dans un ménage, c'était parfois nécessaire.

L'éponge, le ménage; j'ai eu envie de rire; j'ai souri. Elle s'est sentie encouragée. Elle a souri aussi. Elle avait des dents très blanches, trop jeunes pour son visage. Elle a allumé une autre cigarette, m'en a proposé une. Elle fumait des Gitanes maïs. Elle ne se faisait pas confiance: devant Marlène, elle aurait crié, elle aurait pleuré. Les médicaments n'auraient rien empêché. Moi, je saurais lui parler ; trouver des arguments. Les gens lui avaient raconté ; comment je travaillais moins, pour être avec elle ; et notre maison, complètement isolée ; tous les deux, sans enfants. Comment je ferais sans elle ? Moi aussi je devais me battre, ne pas le laisser me la prendre, comme ça, pour rien, pour un caprice. Les femmes, jamais il ne s'y était intéressé ; il n'en disait rien ; dans les fermes, il traitait avec les hommes. S'il y avait eu quelque chose, avec une autre, on le lui aurait dit. Tout se savait dans le pays. Ou elle s'en serait rendu compte. Une femme a des moyens pour ça. Je la regardais. Je ne disais rien, je me demandais quels moyens elle avait. Je l'imaginais, plate et usée, étalée sous le vétérinaire.

Le soir était très beau, long. C'était un des premiers grands soirs de juin, après la neige, après la pluie. Quand elle s'est arrêtée de parler, le silence nous a saisis, tous les deux. J'ai cru qu'elle allait se mettre à pleurer. J'avais peur ; j'avais pitié. Je ne pouvais rien pour cette femme, seulement lui mentir. Lui dire, et je l'ai fait, que je parlerais à Marlène, qu'elle irait d'abord en Normandie, dans sa famille ; là-bas, elle réfléchirait. Il fallait laisser passer du temps. Nous étions debout, sur le bord de la route. Une voiture pouvait venir. On nous reconnaîtrait. Elle savait, elle, que tout le monde en parlait. Chez le coiffeur, quand elle était entrée, les femmes s'étaient tues. On lui en voulait à elle surtout, parce qu'elle était du pays et qu'elle avait réussi. Lui, c'était différent : il venait d'ailleurs. Comme Marlène. C'était peut-être ça, au fond ; ici, on ne s'habituait pas ; il fallait y être né ; on finissait toujours par repartir. Son père le disait ; il le lui avait souvent répété quand elle s'était mariée. Il donnait des exemples. Il avait raison.

Consigne numéro un : ne pas sortir du bibliobus ; rester à l'abri.

L'épicière fait la discrète. Elle est laide, courte, grasse et bête. Je l'imagine avec l'épicier, ahanant dans la copulation. Ils me dégoûtent. Ces gens me pèsent. Je ne sais jamais comment être avec eux. Ce pays me pèse. Même les enfants ; ils crient fort ; ils sont déjà fermés, sauf les plus petits. Je fais semblant. C'est trop de solitude, et toujours les mêmes mensonges. Toujours les mêmes histoires, celles des livres, celles que je raconte aux autres, celles que je me raconte. C'est stupide d'être allé à l'épicerie. Jean-Luc est mieux renseigné que tout le monde dès qu'il s'agit d'une histoire de femme. Il est furieux que Marlène s'en aille avec le vétérinaire alors qu'elle ne l'a jamais regardé, lui, le mâle du pays. Il se moque de Laurent. Il dit que c'était couru d'avance ; l'amour, c'est comme le tiercé ; jouer, gagner, perdre. Il appelle Laurent la Fée Électricité. Il fait comme tout le monde. Quand nous étions amants, il m'amusait. Maintenant je le trouve ridicule. Il est beau, mais il ne le sera pas longtemps. Il grossit ; il épaissit. Il se met à se ressembler ; il se laisse voir. Il ne me fait plus du tout envie.

J'aurais dû aller chez la mère de Laurent. Je pense toujours aux choses après. Je ne lui ai jamais parlé, mais je la connais. Je sais où elle habite. Sa maison me plaît ; elle aussi me plaît. Je pourrais inventer un prétexte, un livre qui manquerait. Mais ça me gêne ; elle saurait que je mens. Si j'y allais, ce serait pour me frotter contre sa douleur à lui, la sentir de plus près, la flairer ; c'est animal ; c'est impossible à dire. Elle croirait que je viens à la curée, comme les autres. Il faut attendre, longtemps, attendre.

Consigne numéro deux : se méfier des hommes qui ont mal ; je devrais le savoir. Un homme qui a aimé une femme comme Marlène ne peut pas me voir, moi. Il ne me verra jamais.

Nous ne parlions pas de lui. Il n'y avait rien à en dire. J'ai demandé à Marlène de partir. D'aller en Normandie, attendre que tout soit prêt pour elle, là-bas, dans les Ardennes, où il avait trouvé à s'installer, où ils vivraient leur vie nouvelle. C'était au-dessus de mes forces, ce vide avant l'absence, avant le rien, avant l'eau froide du monde sans elle. Elle n'avait pas parlé encore à sa famille. Elle ne s'appuyait sur personne. Elle a téléphoné le soir même : elle a eu d'abord ses sœurs, les deux, puis sa mère, et enfin sa grand-mère, qui a exigé de rappeler, pour que je ne paie pas toute la communication, et a voulu me parler. Marlène était sortie ; je l'entendais pleurer sur le banc de pierre devant la porte, dans la nuit déjà tiède. C'était la première fois. Elle pleurait doucement. Je n'avais pas pitié d'elle. Je n'aurais pas pu la toucher ; pas même poser la main sur son épaule, encore moins sur ses cheveux.

La grand-mère était en colère : Marlène était une gamine ; j'avais plus de raison qu'elle ; j'étais un homme, et un homme mûr, posé ; « enraciné », elle disait « enraciné ». Je devais l'empêcher de faire cette folie. On ne partait pas ainsi, à l'autre bout de la France, avec un homme marié, qui aurait pu être son père, et ne divorcerait pas ; ils le disent tous, et ils ne le font pas ; ceux qui le font, qui laissent la mère de leurs enfants pour une plus jeune, ceux-là sont pires que les autres. On ne part pas ainsi, sur un coup de sang. Marlène était bien placée pour le savoir, où ça mène, les coups de sang ; elle n'avait qu'à regarder sa mère, la vie qu'elle avait eue, toujours entre deux hommes, des jeunes, des vieux, sans dignité, sans stabilité ; et trois filles, de deux pères différents ; pour se retrouver seule. Elle n'était pas heureuse, sa mère. Je croyais qu'avec vous la greffe était réussie, Laurent ; réussie ; il faut l'empêcher de partir. Je vais prendre le train ; je lui parlerai ; c'est moi qui l'ai élevée ; je la connais ; elle m'écoutera. La grand-mère s'énervait ; elle me tutoyait ; ça lui échappait ; je la sentais vieille, abasourdie, impuissante et affolée. Finalement, Marlène a repris le téléphone pour lui dire de ne pas bouger ; elle allait venir ; elle resterait quelque temps ; elles pourraient parler.

Nous ne faisions plus l'amour depuis qu'elle l'avait fait avec lui. Nous ne dormions plus ensemble. Ses bras étaient nus, son cou blanc. Elle était lointaine, déjà partie. Je crois maintenant que quitter ce pays lui était un arrachement. Elle dormait très peu. La nuit, je l'entendais se lever. Elle allait à la fenêtre. Elle écoutait le bruit que font en existant le vent, les eaux, les feuilles, les écorces, les cailloux, les fleurs. Elle humait le monde. Elle avait toujours aimé la nuit. Parfois elle sortait. Je restais les yeux ouverts, allongé dans le noir. Le corps noué, tendu, je la guettais. Elle était une bête furtive qui habitait ma maison.

La maison était mienne. Nous l'avions réveillée, sauvée du sommeil et Marlène avait travaillé avec moi. Mais la maison me restait. Elle ne passait pas en d'autres mains. Elle ne trahissait pas. Elle durait. Elle avait pour elle la patience. Elle venait des miens. Elle les avait vus vivre. De tout ce qui montait en moi quand je me taisais en attendant la fin, l'histoire de la maison était le plus animal. Je ne pouvais rien contre cette force du sang, ce travail du ventre qui expulsait Marlène, qui disait qu'elle n'avait rien été, qu'elle ne laisserait pas trace. Tout en moi criait, sous la peau, gueule tordue; et ces mots-là aussi, les gutturaux, montés de la terre, crachés, pour dire la haine d'elle, de la femelle de hasard, de son odeur, de ses cuisses lumineuses, de tout ce qui avait coulé d'elle, ici, entre ces murs, au bord du ciel, en pure perte. Elle partirait. Je ne resterais pas dans la maison.

L'été commençait, dans la splendeur des choses, dans leur munificence indifférente. Il n'y avait pas de secours. C'était un tourbillon de silence qui me prenait. J'avais parfois envie de la battre, de la marquer, de la forcer à rester, à s'arrêter, à se soumettre. Elle serait devenue comme les autres; j'aurais gonflé son ventre; elle aurait conduit une voiture, fait les courses à l'épicerie et postulé pour un emploi de secrétaire de mairie. Elle aurait été fatiguée. Elle aurait tenu la comptabilité, envoyé les factures. Sa mère serait venue nous voir régulièrement. Nous serions partis en vacances quelques jours par an, en Normandie, dans sa famille, pour montrer la mer aux enfants. Elle aurait attaché ses cheveux. Je ne disais rien. Tout se défaisait. Elle ne serait plus ma reine.

Marie-Hélène Lafon

Samedi 2 juillet 1979,

Mon cher fils, mon Georges,

Il faut toujours être déçu par ceux que l'on aime. Je croyais Marie-Hélène bien installée avec Laurent. Je pensais qu'ils allaient avoir un enfant, se marier. Les choses se font comme ça maintenant, dans cet ordre. Eh bien, non : elle a téléphoné ce soir pour dire qu'elle laissait Laurent ; elle va vivre je ne sais où, avec un homme qui a vingt-cinq ans de plus qu'elle, un homme marié évidemment, un vétérinaire qui quitte tout, son cabinet, sa femme, ses enfants. Il en a deux, des grands ; elle ne m'a pas dit leur âge, elle n'a pas osé. Ils ne doivent pas être plus vieux qu'elle. Je ne comprends pas ces femmes. C'est ton père et moi qui l'avons élevée Marie-Hélène. Tu sais combien nous avons fait attention à tout et veillé à ce qu'elle ne suive pas l'exemple de sa mère. Il faut croire que ça n'a servi à rien. Tous ces efforts, toute la patience, et les attentions, et les espoirs que nous avions placés en elle. Elle était si mignonne, si sage, si calme, si réservée, très avancée pour son âge. À l'école primaire, le maître la poussait ; elle aurait pu tout faire si elle avait voulu. Mais justement elle ne voulait pas. C'est là que ton père a commencé à dire que le sang ne se perdait pas ; elle ressemblait à sa mère. On n'y pouvait rien ; seulement « limiter les dégâts ». C'était son expression. Il disait aussi : « On est pas au bout de nos peines avec cette race-là. » Cette « race-là » : sa propre fille, sa petite-fille ; d'ailleurs les jumelles, il ne les a jamais prises dans ses bras, jamais regardées, pas une seule fois. Et ta sœur, qui est toujours la première à se plaindre de tout, n'a pas fait de remarque là-dessus.

Qu'est-ce qu'elle va devenir cette petite ? D'abord cet homme, il quittera sa femme ou il ne la quittera pas, ou il reviendra avec elle, une fois le coup de sang passé. Marie-Hélène est trop jeune pour lui. Un vétérinaire, tout de même, il a étudié, il doit être instruit, intelligent. Il retrouvera un peu de raison. Et elle aussi ; elle le verra comme il est, trop vieux ; ça ne peut pas être autrement. Si elle revient, qui dit que Laurent la reprendra ? Il a sa dignité. D'ailleurs elle ne reviendrait pas ; elle est bien trop fière pour ça. Je sais qu'elle n'a pas eu de père ; les médecins nous l'avaient expliqué à l'hôpital après son coup de folie, quand elle était partie au Havre. C'est ce qui a tué ton père ; ça l'a achevé. Mais Laurent, justement, il était très bien, plus vieux, mais pas trop ; c'était encore acceptable ; posé, solide, sérieux ; et beau garçon, sachant se tenir, et très amoureux. C'était une bonne famille ; ça se voyait tout de suite, des artisans, des gens fiables. Évidemment ils étaient loin de tout, là-bas, très isolés. S'il y avait eu un enfant, peut-être ; quoique, ça n'empêche pas les folies ; quand on a ça dans le sang. Il faut dire que son physique ne l'aide pas ; et là, sa mère n'y est pour rien. Tous les hommes la remarquent. M. Berthier me l'avait dit le premier, je m'en souviens ; elle n'avait pas douze ans : « Ce sera une beauté, cette petite, une beauté ; il faudra veiller au grain. » Je l'entends encore. Qu'est-ce qu'il aurait fallu faire ? Je ne pouvais tout de même pas l'enfermer. Je ne sais plus que penser. Tu vois, je tourne en rond. Je me fatigue ; je suis trop vieille pour tout ça ; et ta sœur n'en pense pas grand-chose, évidemment. Elle a assez à faire avec les jumelles. Elle est dépassée depuis longtemps. Je redoute le résultat. Avec un peu de chance, je ne serai plus là pour le voir. Je serai auprès de toi. Je n'ai plus que cette attente. Je t'embrasse. Ta mère qui t'aime.

Maman.

Roland m'avait rejoint sur le chantier où je travaillais. Nous avions l'habitude de faire équipe ; nous ne parlions pas. J'aimais ses gestes lents et sûrs, ses outils, son odeur d'homme propre, et le bleu très ancien des pantalons qui lui venaient de son père. Ils avaient la même taille. Il n'avait pas retouché les ourlets. Je ne me souvenais pas de son père, mais leur tombe était à côté de la nôtre au cimetière. Sur la pierre grise, deux médaillons se faisaient face. J'évitais de croiser le regard du père tant la ressemblance avec son fils était gênante. J'avais chaque fois l'impression que Roland était déjà là, qu'il me suivait des yeux, qu'il m'écoutait, silencieux, recueilli et exilé. Roland n'allait pas au cimetière. Lui qui ne manquait jamais une messe ne sacrifiait pas à la tradition du chrysanthème de la Toussaint. Le médaillon destiné à sa mère était resté vide ; il avait seulement fait graver, en larges lettres dorées, ses nom, prénoms et dates. Son deuxième prénom était Séraphine. Cette douceur incongrue et désuète me troublait, comme l'éclat d'une chair rare et précieuse dont cette femme ogresse eût avec elle emporté le secret.

J'aimais être seul avec Roland. Sa présence me rassurait. Les soirs de longue lumière, les soirs de grâce infinie de l'été balbutiant, je ne rentrais pas, je ne pouvais pas rentrer avant la nuit. J'allais chez lui. Je prenais une douche. Nous mangions. Je n'avais pas faim. Il ne posait pas de questions. Il ruminait des choses sourdes. Je maigrissais ; je fumais beaucoup. Je sentais son regard sur moi, comme celui de ma mère ; ils étaient graves et bons. Parfois, ça me donnait envie de pleurer, tant de douceur ; je ne pleurais pas. Un jour il m'a dit : « Si je lui avais pas donné le chien, ça serait pas arrivé. » J'ai souri et j'ai posé ma main sur son bras, très vite ; et j'ai fermé les yeux.

Le vétérinaire ne téléphonait pas. Elle non plus.

Il envoyait des cassettes ; une tous les deux jours. Elle écrivait. Nous ne nous étions pas écrit ; nous n'avions jamais été séparés. Elle n'écrivait pas devant moi. Elle était comme un fantôme ; elle flottait dans la maison, et dans ma vie, le chien sur ses talons. Pour écouter les cassettes, elle attendait que je fusse parti. Je me suis souvenu de la voix du vétérinaire ; je ne lui avais pas souvent parlé ; mais elle m'est revenue intacte, entière ; une voix sourde, et, curieusement, presque juvénile, comme celle des garçons quand ils muent ; une voix au bord de la fracture. Il avait aussi un accent, très perceptible. Marlène n'était pas fébrile ; elle était sûre ; elle savait. Elle ne m'a jamais dit qu'elle ne m'aimait plus. Là n'était pas la question. Elle l'avait rencontré, lui. Ce qui aurait pu ne pas advenir ; et nous aurions continué, et nous n'en aurions pas été amoindris ; ce qui aurait pu ne pas advenir était advenu.

J'ai parlé à ma mère. Je ne voulais pas qu'elle sache par la rumeur, que les regards pèsent dans son dos, qu'elle porte une part de mon humiliation. Pour les gens, pour les autres, c'était d'abord une humiliation ; la force d'un mâle contre celle d'un autre mâle, le mâle vaincu et le mâle vainqueur ; la vieille histoire, la force de l'homme bandée dans la chair chaude de la femme. Et aussi le vétérinaire contre l'électricien, le notable contre l'artisan, l'homme de la grande musique contre celui qui a du noir sous les ongles, l'étranger contre l'homme du pays ; toutes les petites versions de village, chuchotées à la sortie de la messe, au café ou à l'épicerie. Nous faisions, Marlène et moi, cette actualité-là. Enfin, on avait eu raison de nous ; nous avions quitté les hauteurs ; nous étions redevenus comme les autres, faillibles, besogneux, cabossés, mendiants, et bientôt affamés, et cependant contraints à nous contenter de la soupe commune, à nous rassasier d'elle, de samedis soir de chasse en sacrifices consentis sur l'autel de la famille. Je les voyais, ceux de mon âge, cernés d'enfants, englués, saisis, pris, dans la vie, dans le monde, dans sa pâte ferme et collante, et gluante, et chaude aussi. Ils avaient parfois peur, et mal. Ils se débattaient ; ils s'agitaient ; ils partaient ; ils revenaient ; ou ils recommençaient, ailleurs, une autre vie et la même. Ils avaient une place, et ils jugeaient.

Je voulais protéger ma mère de ce regard qui fait partie des histoires et qui salit. Je lui ai dit que Marlène allait partir, en Normandie d'abord, avec un autre homme ensuite, lui, le vétérinaire ; et qu'elle ne reviendrait pas. Pour la première fois depuis la mort de mon père, elle a pleuré. Je suis sorti parce que je ne pouvais pas pleurer avec ma mère, avec elle et sur moi, sur nous. Je suis allé m'asseoir au cimetière, et je le lui ai dit, à lui aussi.

Il avait connu une autre femme avant ma mère ; ils s'étaient beaucoup aimés, mais les parents n'avaient pas voulu entendre parler de mariage avec un garçon qui jouait dans les bals. Elle avait cédé ; elle était jeune fille. Mon oncle m'avait raconté ; mon père n'avait pas vingt ans ; il avait voulu partir, s'engager dans la Légion étrangère pour aller se faire tuer à l'autre bout du monde. C'était une vision simple des choses. Il était resté parce que mon oncle avait su lui parler, mais, pendant plus d'une année, il n'avait pas touché à son accordéon. Ensuite, il avait rencontré ma mère.

J'ai pleuré. Je n'ai pas pu m'en empêcher. Laurent croit que je ne savais pas. On m'a parlé ; on m'a raconté, depuis le début, depuis l'histoire du chien. On m'a tout dit. Les gens disent tout ici ; ils racontent la vie des autres et les autres racontent la leur. Avec ça et les enterrements, on a l'impression d'être ensemble. Ils ont eu besoin du vétérinaire, là-haut, votre fils et son amie ? Le chien a été renversé sur la route d'Allanche, il paraît ; c'est une bête jeune, un chien de Roland, un corniaud ; turbulent ; elle peut pas le tenir. Daguet se déplace pour les chiens maintenant... Il court après l'argent. Pourtant avec la maison qu'il a. Quoique, ça doit coûter cher d'entretien. Enfin il se déplace.

Il a pris un sacré chantier, votre fils, chez Calmel.

C'est pas du travail facile ; ça sera long ; et le père Calmel, on le connaît : toujours pressé ; il voudrait que ça soit fini avant d'être commencé. On le voit passer Laurent, le matin, et le soir. Il part tôt. Il les fait longues les journées. Mon mari le croise sur les routes, avec le camion. Il y monte, chez Calmel, pour la tournée. Ils sont encore nombreux là-haut, et bons clients. On est sûr d'être payés. Ils perdent pas leur temps à courir au supermarché pour économiser trois francs six sous. Elle va s'ennuyer votre belle-fille toute seule dans cette grande maison.

J'ai eu la bibliothécaire aujourd'hui. Elle demandait après votre belle-fille, ou votre fils ; Marlène ou Laurent, elle a dit. C'était pas pour des livres en retard ; ils ont tout rendu dans la boîte, à la mairie. C'était juste pour avoir des nouvelles, comme ils venaient plus depuis un mois, elle s'inquiétait presque. Je voulais l'envoyer chez vous, mais elle est timide cette personne ; elle était pressée aussi. Moi, j'ai rien voulu dire ; juste que lui travaillait beaucoup et qu'elle, on la voyait pas au magasin ; mais elle avait jamais fait les courses, alors, ça voulait rien dire.

L'épicière, les uns, les autres, les gens ; ils parlent, faute de savoir. On ne l'aime pas ici, surtout les femmes.

Ce sera long pour lui, avant d'arriver à quelqu'un d'autre. Il n'a pas eu de temps avec elle. Pas assez. Elle est belle et elle ne dit rien ; elle garde tout le mystère. Elle n'est pas comme nous autres, toutes, liées et données, à l'homme, aux enfants, aux maisons, aux familles, aux lieux. Elle n'a pas besoin de ça ; pas encore. On ne peut pas l'imaginer vieille, épaissie, assise, rassasiée.

Il est venu chercher Marlène le 14 juillet, pour la conduire en Normandie. C'était un jeudi ; elle m'avait prévenu. Il serait là en début d'après-midi. Je suis parti vers neuf heures. La lumière écrasait tout. J'ai laissé la voiture dans un petit chemin au bord de la route et j'ai marché. J'ai remonté le cours de la Santoire presque jusqu'à la source. Je reconnaissais le sentier. Mon oncle avait été grand pêcheur. Il n'avait pas d'enfants. Très tôt, il nous avait initiés, mon frère et moi, à la traque silencieuse de la truite sauvage ; il disait « sauvage », par opposition à la truite d'élevage qu'il ignorait superbement. La bête était fine, tenace ; elle aurait toujours sur nous l'avantage du terrain. L'oncle aimait le verbe ; au retour il racontait ; et ça devenait beaucoup plus beau ; il racontait ce que Richard et moi n'avions su ni voir ni deviner. À cinquante ans il avait eu un accident cérébral grave. La foudre était descendue sur lui ; il n'avait plus parlé, plus marché, mais ses yeux, ses mains étaient restés vivants ; il avait toujours refusé d'écrire. Ma tante, qui avait vécu à Avignon avant son mariage, l'avait emmené dans le Midi parce qu'elle rêvait de soleil et de vie plus facile. Il était mort là-bas, loin des truites sauvages. Je pensais à lui en suivant le sentier. L'ombre était moirée, fraîche. Les hommes de mon sang ne savent pas devenir vieux.

Quand je suis rentré, la maison était vide d'elle. Elle avait laissé un mot sur le lit. « Je ne t'ai pas menti. » Je l'ai brûlé avec une allumette dans la cheminée. Elle avait emmené le chien. C'était prévu. Le téléphone a sonné. Je n'ai pas répondu. Le soir était beau. Je me suis assis sur le banc de pierre, devant la maison, adossé au mur chaud, dans le bruissement des feuilles frisées d'un vent vif et familier qui coulait sur mes bras, sur mon visage. Je ne pensais à rien. Je sentais la pierre dure dans mon dos, contre ma peau. Mes mains étaient posées à plat sur mes cuisses, les doigts légèrement écartés. Elles étaient nettes, mortes, comme détachées de moi. Je suis resté là longtemps.

Beaucoup plus tard, dans la nuit, je me suis levé ; j'ai fermé la maison, et je suis parti. Dans la chambre, en bas, ma mère avait fait mon lit. Le lendemain matin, nous n'avons rien dit. Je suis allé travailler. J'avais le corps rompu ; il se souvenait de tout et criait un manque définitif. Après quelques jours, je me suis appliqué à penser à mon père ; entre les deux opérations, il avait su qu'il allait mourir ; pendant deux ou trois mois, il avait eu cela en face de lui : avoir mal et mourir. Il avait dû se sentir très loin alors, malgré ma mère, malgré mon frère et moi. Nous étions vivants : la mécanique de nos corps nous servait, lisse et docile ; peut-être, déjà, sourdement, une mutation infime de nos cellules avait commencé, qui finirait par nous prendre tout entiers ; mais nous ne le savions pas. Lui savait. Il s'était tu, et avait attendu de ne plus avoir mal. J'attendais aussi. Je ne mourrais pas de cette douleur-là ; elle m'userait, me laisserait, à force de temps, élimé, diaphane, vieilli, mais vivant.

De tout l'été, je ne suis remonté à la maison qu'une fois, le dimanche suivant, pour prendre mes vêtements et vider le frigo. Il pleuvait, une pluie tiède et lasse de fin d'orage. L'air était sucré. C'était le soir, mais pas encore la nuit. Je suis entré dans les pièces, sans allumer les lampes ; il n'y avait plus de lampes ; je n'aurais pas pu me pencher, le faire comme elle le faisait, elle, au bord des nuits. Elle aimait ce rite ; ses cheveux luisaient ; ses mains étaient pâles, ses gestes souples. Dans la chambre, j'ai fermé la porte ; je me suis appuyé contre le mur ; j'ai écouté le silence de mon sang qui cognait dans mes veines, continuait, tenace, obtus, épais, sombre. J'ai fermé les yeux. J'ai pleuré dans la chambre vide. Ce serait long ; ce serait tellement long. Je le sais maintenant. Ensuite ma mère, chaque jour, est allée ouvrir et refermer les fenêtres. La lumière, là-haut, balayait au long des heures les lieux où Marlène n'était plus. J'apprenais cette douleur de la privation sans la mort.

Au mois d'août mon frère est venu passer quelques jours avec Chantal. Il aurait voulu que je quitte le pays. Il me l'a dit. Pour lui, Marlène n'était pas partie parce qu'elle avait rencontré un autre homme, mais parce qu'on ne s'habituait pas à ce pays. On ne l'apprivoisait pas. À moins d'y être né, on ne pouvait pas vivre et vieillir ici. C'était trop de solitude et trop d'étendue, trop de vide et trop de vertige. Ça devenait parfois comme une maladie que l'on avait en soi, sous la peau. Je l'avais, moi, cette maladie. J'avais le signe, les symptômes. Richard insistait. Il fallait que je parte. Je l'écoutais. Chantal ne disait rien, je sentais son regard sur nous. J'étais déjà parti ; j'avais vécu à Clermont, à Lyon ; j'y avais appris mon métier, travaillé, aimé des musiques, croisé des femmes, des hommes ; j'étais revenu. Je ne croyais plus beaucoup à la nécessité d'échapper, de se soustraire. Je voulais rester en face des choses, telles qu'elles étaient, comme hypnotisé par elles, et cependant maître de mon seul vouloir. Même la douleur, qui n'est pas un métier, ni une vocation, qui finit par couler, même la douleur ne pouvait empêcher cela, ce tête-à-tête avec le monde, vu d'ici, parce que je l'avais choisi. Je n'ai rien expliqué à Richard. Je lui ai dit que je restais, et que ça n'était ni pour le travail, ni pour notre mère, ni pour le souvenir.

— Je me demande comment Marlène a pu tenir ici aussi longtemps ; presque quatre ans, tu te rends compte, entre ta mère et ton frère. Moi, au bout d'une semaine, j'en peux plus. Je sais, ils habitaient en haut ; chacun était chez soi, mais ta mère et ton frère, c'est un vrai couple. Il se voit pas vivre Laurent ; il a beau dire : Marlène s'en va ; il retourne chez sa mère ! Le soir même ! À trente-quatre ans !

— Tu le connais pas. La maison, il aurait fallu que tu la voies avant. Elle est sortie de ses mains, pour elle, pour eux deux. C'est normal qu'il la supporte plus, qu'il puisse plus y retourner. C'est une maison morte ; c'est comme un tombeau. Il ressemble beaucoup à notre père, Laurent.

— Toi tu leur ressembles pas ; t'es pas sentimental. Tu ressembles à qui toi ?

— Tu veux dire que j'aime pas les gens, que je m'attache pas ?

— Je sais pas. En tout cas, je te vois pas prendre le deuil pour une femme. Laurent, il est démoli ; ça se sent ; il est comme une enveloppe vide ; dévasté, je sais pas comment te dire. Il a l'air normal, mais il nous regarde tous avec des yeux vides. Il parle, il mange, il boit, il fait des choses, mais pour lui, on est pas là. Toi, quand tu lui parles, il te répond, mais il

t'écoute pas ; il t'entend pas. Ta mère a peur qu'il se suicide, qu'il se pende. Elle dit qu'ici on se pend. Elle a peut-être raison. Tu as peur toi ?

— Non. Il le fera pas. À cause de notre père. Là tu as raison quand tu dis qu'ils sont un couple. Pour rester vivants. La mort de mon père, ils l'ont vécue tous les deux ; moi j'étais encore à Paris ; à la fin je venais tous les week-ends, mais ils étaient tous les deux avec lui tout le temps. Laurent était avec lui quand il est mort. Notre mère dormait. J'étais dans le train. Il faut rester vivant. Non ça il le fera pas.

Ce qui est difficile maintenant, c'est d'inventer autre chose, quelqu'un après elle. On ne croise pas de femme ici ; pas de femme nouvelle, qui ne me sache marqué par elle, qui ne connaisse l'histoire. J'ai trop donné. On n'aime pas cette profusion. Son excès est suspect. Je suis l'homme de la démesure. Ici les femmes d'ailleurs viennent dans le sillage d'un homme, drainées et prises par lui ; ou elles sont institutrices et ne font que passer, en début de carrière, pendant une année ou deux, du lundi au vendredi. Elles sont très jeunes. Elles sont demoiselles et leur prénom est connu de tous. Sur les chantiers, les autres artisans coulent vers moi des regards curieux au moment de raconter les histoires les plus grasses. C'est peut-être leur manière à eux d'apprivoiser le mystère des femmes, de le réduire pour en avoir moins peur. Moi, je n'ai jamais su. Quand j'étais jeune homme, je riais avec eux, pour faire comme tout le monde. Maintenant je n'en ai plus besoin ; ils savent que je ne les méprise pas.

Je ne suis pas dans l'exil de la chair des femmes ; j'ai des occasions de peau. Je ne ressemble pas aux autres hommes. Celles qui me veulent le savent ; je me prête. Elles sont mariées. Elles se cachent ; elles se font rêver. Je suis dans l'exil du sentiment, de l'amour même. Je suis comme un veuf. D'ailleurs les gens ne s'y trompent pas. Ils ont un instinct très sûr des secrets de chacun ; c'est le surnom qu'ils m'ont donné, le Veuf. Ils ne sont pas méchants ; ils fermentent entre eux, en rond. Je les sens exister autour de moi, presque confusément. Roland, ma mère, Richard quand il vient, mes cousines, quelques-uns franchissent les limites du cercle. Ils sont dedans, avec moi, embarqués, dans le monde ; et c'est tout ; une poignée de vivants.

Je me suis mis à la pêche ; mon oncle nous avait appris, à Richard et à moi. Je suis patient, dans le vacarme des rivières de printemps grosses de toutes les neiges en allées, dans le bruissement feuillu, la coulure fraîche des aubes d'été. Je suis pêcheur pour l'œil, pour l'oreille. Je surprends les choses vertes à la naissance, dans leur intimité. Je marche, je longe, le corps collé aux sinuosités des eaux, à leurs détours improbables, à leurs mouillures secrètes, à leurs bras morts. Les odeurs me prennent, de menthe, de vase, de sueur, de terre, d'écorce. Je ne pense rien.

Marlène a eu un enfant, avec lui, un garçon. L'épicière l'a dit à ma mère. Elle l'avait su par la femme du vétérinaire qu'elle avait rencontrée chez la coiffeuse à Allanche. La femme du vétérinaire ne quitte pas son aigreur ; elle se tient debout avec elle : elle ne pleure plus depuis longtemps ; elle a gardé la maison et claironne en toute occasion le montant confortable de sa prestation compensatoire. Les vaches seront maigres pour l'enfant de vieux, a dit l'épicière à ma mère. C'est une citation. J'ai imaginé Marlène avec en elle cette rondeur de fruit mûr que l'on voit à certaines femmes enceintes. J'ai imaginé cette attente sur son visage, dans sa peau, dans ses gestes. Quelque chose m'échappe, glisse. Je la perds ; je suis en train de la perdre au long des jours qui me séparent du temps que nous avons vécu ensemble. Nous se vide de sa substance. L'hémorragie est lente. C'est une autre femme qui a fabriqué en elle l'enfant d'un autre dans un autre pays, sous un ciel plus long, à d'autres altitudes.

Je crois que ma mère m'a parlé de cet enfant pour me faire violence. Elle sait que je ne suis pas sorti de peine. Elle a peut-être détesté Marlène pour cette blessure portée à son fils ; blessure de guerre d'amour vital. Elle n'en a rien dit. Aujourd'hui elle ne se soucie plus de Marlène. Elle pense que la faiblesse est en moi ; il faut que je sois vivant, de toutes mes forces, plus largement. Elle se reproche mon manque d'ardeur. Elle ne sait pas comment le dire ; alors elle parle de l'enfant ; parce que de moi plus rien ne coule depuis trois ans qu'une certaine application à continuer, artisane et tenace, opaque, têtue. Elle n'attendait pas cela du fils sorti d'elle et de son homme ; c'est une seconde mort pour lui. Elle le pense ; elle s'en défend parce qu'elle n'a pas le goût du drame. Nous vivons dans la même maison, elle et moi, au long des jours ; et c'est déjà ça. Nous partageons le territoire.

Le matin, je ne la vois pas ; elle n'a jamais aimé se lever tôt ; avant de se coucher, elle pose sur la table un bol et une petite casserole de café recouverte d'une soucoupe renversée. Je le réchauffe dans le silence de la cuisine, la flamme du gaz coule bleue. Notre vie est tissée d'habitudes menues qui font passerelle d'un jour à l'autre. Le soir, parfois, elle parle, de ses sœurs, de ses parents, de mes cousines, de Richard, de mon père, de mon oncle. Je l'écoute ; je pose des questions ; nous remontons le temps. Elle frotte ses mains l'une contre l'autre, entrecroise ses doigts qui se nouent, soudain immobiles et fervents, quand elle prononce le prénom de mon père. Sa voix est chantante, beaucoup plus qu'il n'est d'usage dans ce pays où l'on n'est pas encore tout à fait du Sud. Mon père a été son premier homme, et le seul ; elle sait que lui, parfois, après quarante ans, au détour d'un bal, d'une soirée, a été tenté par d'autres femmes, plus belles, plus jeunes. Il avait pour lui la musique et les femmes le regardaient d'abord, s'approchaient ensuite pour prendre un peu de cette force gaie qui était en lui. Les femmes l'aimaient. Jamais ma mère ne s'est sentie en danger, menacée ; elle a souffert, quelquefois, de la trace laissée par une autre, d'un parfum sur sa peau, ou de la fugacité d'un souvenir qui passait sur lui. Mais elle était à sa place, avec lui, et lui avec elle.

« Tu veux allaiter ton fils ? Tu es sûre ? Tu sais, pour la poitrine ensuite, c'est terminé. Même à ton âge. Quand tu es née, les circonstances ont fait que, de toute façon, il était pas question de ça ; pour les jumelles, j'avais presque trente-cinq ans, j'ai refusé ; j'en avais du lait, j'en avais ; c'était douloureux les premiers jours, il fallait le tirer ; ensuite, on a tout coupé, avec des médicaments. »

« On a tout coupé. » Jamais elle ne se tait ; toujours, il faut que ça coule ; et elle parle fort ; et elle est sûre d'elle ; et elle est contente ; sa fille est bien établie, avec un homme qui ne la lâchera pas pour une plus jeune et qui a les moyens de la faire vivre. « Un bourreau de travail ; de la surface sociale ; il t'idolâtre ; il t'idolâtre carrément. » Elle reste ici trois

jours, et ses mots tournent dans ma tête pendant des mois.

Idolâtrer, idole, le matin, le soir, s'écarteler sous lui, ou sur lui ; comme s'il n'avait jamais fait l'amour de sa vie ; comme s'il avait tout à rattraper ; avant de vieillir tout à fait.

« On me prend bien pour ton père ; quand j'irai le chercher à l'école, on me prendra pour le grand-père de mon fils. » C'est vrai ; il n'y a rien à répondre à ça. Tout le temps, la tyrannie des autres, leurs yeux sur nous, sur moi. Les yeux des hommes sur moi ; tous le veulent : toucher, être dedans, prendre et croire qu'ils possèdent. Moi je sais. On n'appartient pas. Lucas ne m'appartient pas. Il est mon fils. Lui et moi, chacun dans sa peau, pour vivre et pour vieillir et pour mourir. Il a besoin de moi. C'est ça une rencontre, le moment où deux nécessités se nouent ; Alban et moi, Lucas et moi, Laurent et moi. Ma mère, je ne l'ai jamais rencontrée. Elle me trouverait folle si elle m'entendait.

Mon fils a un père. Laurent avait une mère. Je ne l'ai pas laissé tout à fait seul. Il recommencera ; nous recommençons tous ; Alban le dit ; il dit que nous sommes formidables dans le recommencement ; au point, parfois, de ne plus savoir si nous recommençons ou si nous continuons. Formidables ou acharnés ; il dit les deux, selon les jours.

Hier Roland s'est suicidé. Il s'est pendu. Dans l'atelier. Avec ses bottes. Le maire m'a appelé. Il faisait nuit. J'y suis allé. Il était chaud sous les aisselles. Il avait piqué son chien d'abord. La maison était en ordre. J'ai senti tout son poids contre moi. Je n'étais jamais entré dans sa chambre. Ses parents avaient longtemps été abonnés à *Paris-Match*. Il avait conservé l'abonnement pendant quelques années après la mort de sa mère. Deux numéros anciens étaient posés sur sa table de nuit. Il n'y avait rien d'autre. Son lit était étroit, presque un lit de jeune garçon, tendu de blanc. Les murs étaient lambrissés, vides, à l'exception, juste au-dessus de la table de nuit, comme à portée de la main, d'un petit cadre où se détachait, sur un fond de velours bordeaux, une image en bronze de la Vierge Marie, presque de profil, très jeune, sans l'enfant.

Je porterai le cercueil à l'enterrement. Nous avons déjà porté souvent, ensemble, les cercueils des autres morts. Nous l'avions fait pour mon père, Richard, Roland et moi. Ce n'est pas l'usage que ceux de la famille soient porteurs, mais mon père nous l'avait demandé. Roland n'a pas laissé de lettre. Il n'écrivait jamais, sauf ses factures, d'une grosse écriture maladroite, comme difficilement arrachée à l'enfance, aux débuts. J'ai cherché dans ses papiers pour trouver l'adresse de son frère. Je lui ai téléphoné ; il est beaucoup plus jeune que Roland ; il ne m'a pas tutoyé. J'entendais la télévision derrière lui. Il a crié à quelqu'un: «Mon frère a fait une connerie.» Une voix de femme a demandé: «Quoi encore?»

Il a dit: «Mon frère; il a fait comme mon père.» Il m'a demandé: «Dans l'atelier?» Je ne savais pas que le père de Roland était mort comme ça. Personne n'en parlait jamais, et lui non plus. Il travaillait avec les outils de son père, vivait dans ses vêtements, mais il n'en parlait pas. Parfois il racontait des anecdotes sur sa mère. Il en riait à sa manière, presque gravement. C'était comme un culte qu'il aurait célébré. De son frère, il ne disait presque rien sauf de menues histoires de rivalités d'enfance où le frère l'emportait toujours. Il avait été le préféré de la mère qui avait mal supporté son départ et l'éloignement dans lequel il s'était tenu.

J'avais de cette femme un souvenir très précis qui, pendant des années, m'avait empli de confusion. Un soir, pendant l'été de mes seize ans; je m'en souviens parce que je venais d'avoir ma première Mobylette; mon père m'avait envoyé chercher une perceuse chez le père de Roland. J'étais entré dans l'atelier; il n'y avait personne; j'avais appelé; on ne répondait pas. J'avais poussé la porte du fond qui était ouverte et donnait sur le jardin. Sa mère était là. Elle me tournait le dos; elle était colossale; ses jupes étaient remontées sur ses jambes écartées, légèrement fléchies et très blanches ; elle pissait debout, d'un jet dru, qui soulevait du sol, entre ses chevilles, une poussière dorée par la lumière du soir. Ça sentait le chaud. Je m'étais enfui. J'avais pensé : « Elle pisse comme une vache. » Longtemps cette phrase m'avait poursuivi. Je n'avais jamais raconté ça à personne, pas même à Marlène.

Je n'ai rien pu pour Roland. Il n'a pas émis de signes ; il n'a rien laissé passer ; ou je n'ai pas su voir. Je suis certain de ne l'avoir jamais regardé comme il le faisait, lui, l'année du départ de Marlène, les soirs où j'allais chez lui parce que je n'en pouvais plus d'être dans la maison à côté d'elle et sans elle. C'était un regard qui disait de tenir, de garder le souffle, au ras de la vie. Il n'y avait pas de mot, seulement le regard, et des gestes, ce que l'on appelle des attentions. Attention ; danger de se perdre dans le rien, de sortir du champ de la conscience. Roland et ma mère m'ont porté à bout de regard, d'un jour l'autre, pendant que le temps roulait, lentement, faisait sa pelote de semaines, de mois, de saisons.

Personne n'a porté Roland ; personne ne l'a regardé pendant toutes les années de sa vie d'homme, sauf son chien. Personne ne l'a reconnu. C'est de cela qu'il est mort, sans bruit. Je crois qu'aucune femme ne l'a aimé. Marlène pensait qu'il était homosexuel et qu'il ne le savait pas. Elle avait peut-être raison. Peu importe qu'il ait ou non connu l'ardeur des corps, à la sortie d'un bal, sur un chantier, dans une ferme isolée, ou dans son atelier ; peu importe puisqu'il ne reste de lui qu'une trace de solitude, lisse et infime, à la surface de nos mémoires.

Son atelier nous plaisait beaucoup, à Marlène et à moi ; très ordonné, d'une propreté méticuleuse, il ouvrait sur la vallée par de larges verrières. La lumière y était rousse et parfumée. Le bois crissait ; il coulait entre les mains de Roland, répandu en copeaux souples comme des cheveux de femme. Le royaume était clos, hors du monde. Il n'y avait pas de radio. On n'imaginait pas, dans cette paix, de client vociférant ou de machine vorace. L'atelier était un cloître vide.

J'ai vu Laurent hier ; et il m'a vue aussi ; j'en suis certaine. Il y avait un enterrement. On a eu du mal à garer le bibliobus sur la place à cause de toutes les voitures. Ils sonnent longuement les cloches ici, pour les mariages, les enterrements. L'air en était plein. Les gens sortaient de l'église. Il attendait avec les autres porteurs près du corbillard. Je sais qui est mort ; les enfants me l'ont dit ; ils ne parlaient que de ça ; c'est le menuisier ; il vivait seul ; il s'est pendu. Les enfants étaient excités parce qu'il a tué son chien avant de se pendre. Louise a demandé si on avait mis le chien avec lui dans le cercueil. Louise vit avec ses grands-parents. Jean-Luc m'a expliqué qu'ils arrivent de Belgique. Ils se sont pris de passion pour le pays qu'ils ont traversé à pied il y a deux ans, sac au dos. Ils ont tout quitté; ils sont venus, ils ont acheté une maison. Ils sont à la retraite; ils étaient médecins tous les deux. Ils ont payé la maison comptant; ça impressionne les gens. Jean-Luc ne sait pas où sont les parents de Louise. Elle est exceptionnelle; les autres enfants n'osent pas se moquer d'elle; elle a huit ans et dit Rimbaud comme personne. Elle ne va pas au catéchisme, d'où la question sur le chien. C'est ce que lui ont répondu les autres. Il a pas d'âme le chien; elle le saurait, si elle allait au catéchisme; elle pourra pas faire sa communion; les animaux, on les enterre pas à l'église parce qu'ils ont pas d'âme. Les autres enfants ont des certitudes.

Cet homme qui s'est pendu me fait peur.

Laurent est très beau. Je croyais avoir oublié la douceur de son prénom.

Le frère de Roland s'appelle Marcel. Quand il vivait encore ici on l'appelait Marcelou, parce qu'il est tout petit. Ma mère m'a raconté que ce prénom lui vient d'un oncle, le frère cadet de son père, mort peu avant sa naissance; il était épileptique et vivait avec son frère et sa belle-sœur. Ma mère s'en souvient très bien. On n'avait pas su exactement de quoi et comment était mort l'oncle Marcel.

Les gens avaient commenté la chose, et glosé sur le prénom de l'enfant. Roland disait « mon frère », et ne m'avait jamais parlé de l'oncle.

Marcel est toujours très petit, très maigre, et très blanc. Il a une grosse voiture et personne ne l'appelle plus Marcelou. À la sortie du cimetière il est venu me voir. Sa poignée de main est sèche, presque violente. Je crois qu'il avait honte, honte de cette famille de fous, qui se suicident, qui se pendent, qui se donnent en spectacle, en pâture, aux autres, à ceux du village, si prompts à déchirer ; honte d'en être, d'être le dernier et de devoir encore porter ça, d'être rattrapé toujours par eux, par leur puanteur, leur énormité, leur démesure, leur impuissance, leur solitude. Il m'a remercié, en homme qui connaît les usages. Il parle vite. Il a des yeux immenses, d'un bleu perdu, les yeux de sa mère. Je n'ai vu que ça, et sa veste. Il portait une veste de cuir noir, luisante, épaisse et comme rembourrée. Rien ne peut mettre Marcel à l'abri de son sang ; la peur est en lui. Sa mère la lui a donnée. Il ne sera pas consolé.

Sa femme l'attendait dans la voiture. Ils repartaient tout de suite. Ils avaient fermé la maison. Il ne veut plus entendre parler de rien. Ils vont tout vendre. Le notaire de Murat s'en occupera. Ils ne reviendront que pour faire le vide. C'est ce pays qui est invivable. Comment je peux résister, moi. Il était tout tendu, dans la lumière d'hiver, glacée. Surtout après avoir connu autre chose. Il avait l'air bien renseigné. Comment je peux tenir. Il était tout raide de vieille haine. Sa respiration montait droite dans l'air bleu entre nous deux. Il me faisait presque mal. Je pensais à Roland, à son silence, à cette paix qui coulait de lui et qui était fausse, ou qui n'avait pas suffi, ou qui avait cessé d'être. J'ai dit que Roland me manquerait. Il a eu l'air surpris. Il m'a laissé les clefs de la maison.

Hier soir j'ai enterré la chienne, dans le jardin, derrière la maison. J'ai dû creuser longtemps. Le sol était très dur. J'ai attendu que les autres soient partis. La chienne était avec Roland dans l'atelier, sur l'établi, dans une caisse, une sorte de cercueil d'enfant. Il l'a fabriquée lui-même, avec les outils de son père qu'il a ensuite soigneusement rangés. Il a eu pour cette caisse les gestes, longs, lents et patients que je lui connaissais dans le travail. Il a pris son temps, enveloppé dans le regard doré de la chienne, assise ou couchée en face de lui sur le tas de sciure et de copeaux où son corps a laissé une empreinte ronde. Il a dû la prendre quand elle était encore souple pour l'allonger dans la caisse, sur le côté, comme dorment parfois les chiens dans l'abandon des heures les plus chaudes, du sommeil le plus profond. J'ai glissé le couvercle dans la rainure ; j'ai pensé aux plumiers des écoliers. J'ai fermé la caisse.

Il savait que ce serait moi qui enterrerais la chienne ; moi aussi qui le toucherais lui, qui le laverais, qui l'habillerais. Je l'avais fait pour mon père. Nous en avions parlé. Le corps de mon père avait été pris par la maladie, couturé, marqué, mangé, mordu par elle ; mort avant la mort. Je me souviens du poids dérisoire du corps de mon père dans mes bras. Il était comme un enfant. La mère de Roland était morte dans son sommeil. Il n'y avait eu aucun signe. Il l'avait trouvée un matin. Elle n'était même pas vieille. Il s'en était occupé seul, avant de prévenir quiconque. Il avait, comme il disait, « donné les soins, pour qu'elle soit présentable ». Elle était énorme ; elle tressautait plus qu'elle ne marchait. À chaque pas tout son corps se répandait, semblait sur le point de se répandre, puis se reprenait, miraculeusement, au prix d'un effort colossal, se rassemblait. Elle continuait, suante, éructante. Elle sentait très mauvais.

Les traces de vie de Roland et de la chienne sont là, dans l'atelier ; elles se taisent. Elles ne peuvent rien me dire de ces moments où il savait qu'ils allaient mourir, les deux, parce qu'il l'avait choisi, lui. C'était la première fois qu'il choisissait. Il n'avait pas choisi d'être menuisier, de vivre avec sa mère, de rester dans ce pays. Il ne s'en plaignait pas ; il n'était pas amer. Il disait parfois que le frère, lui, avait su vouloir, que toute sa volonté, il l'avait mise dans l'écart, dans la distance entre lui et la glu de la maison, de la mère, de la transmission nécessaire, de l'héritage obligé. Rien n'avait retenu le frère quand Roland, lui, avait été pris. Maintenant que, déjà, sa douceur m'échappe, j'entends sa voix, un peu nasale, légère, à peine posée, une voix comme un oiseau. Il aimait dire si on savait demander, et attendre. Qui a demandé, qui a attendu. Tout me revient dans son silence à lui qui a voulu ça, la mort seule avec sa chienne dans le noir. J'ai passé une nuit dans la maison avec lui, dans la raideur muette de son corps. Je n'ai pas dormi. J'ai marché dans la maison. J'aurais tant voulu qu'il ait eu moins peur, au moment de. Seulement ça.

L'église était pleine. Tu disais toujours que ton frère vivait comme un ours. Faut croire que non. Tu as vu tout ce monde. C'est le scandale aussi peut-être qui les attire ; qu'il se soit pendu ; et l'histoire du chien ; les gens sont comme ça. C'est tout de même pas ordinaire. Tu es sûr que personne n'avait su pour ton père ? On s'arrêtera pour manger. On a le temps, avant d'aller chez le notaire. Surtout que le rendez-vous risque de durer. Moi il faut que je mange. Un gâteau, quelque chose, et que je boive un café. Après les enterrements ça me fait toujours ça. Dans ma famille, on fait un repas. Pour l'oncle on avait même chanté. On se sentait soulagé.

La tombe au cimetière, elle est pas terrible. Apparemment il s'en occupait pas beaucoup ton frère. Il était soigneux pourtant. Il suffit de voir la maison. On jurerait vraiment que c'était tenu par une femme. Tu es sûr qu'il n'avait personne ? Tu voudrais faire un caveau peut-être. Ils ont l'air d'aimer ça par ici. C'est cossu. C'est pour les autres, parce que ceux qui sont dedans, ils se plaignent plus de rien.

Il est jeune, l'ami de ton frère, l'électricien. Je le voyais pas comme ça. Il a de l'allure. Ton frère, il avait pas des goûts spéciaux, non ? Tu manques d'imagination toi ; t'es pas curieux. En cherchant bien dans la maison, on aurait peut-être trouvé des choses. Moi, je la supporte pas cette maison. C'est plus fort que moi. C'est de ta faute. Avec ce que tu m'as raconté sur ta mère. En tout cas ton frère, il s'en est pas remis de toutes ces histoires. Il aurait dû faire comme toi, partir.

À la sortie de l'église, j'ai vu la bibliothécaire. Le camion était là, la porte ouverte, et elle sur le marchepied, blonde dans la lumière de l'hiver. Elle m'a reconnu. C'était l'heure ; trois heures et demie, après la récréation de l'après-midi. Les enfants étaient sur la place, avec l'instituteur. Ils se taisaient. Ils attendaient le cercueil, de tous leurs yeux, la bouche ouverte, sans bouger, campés, graves, comme leurs parents, comme nous faisons tous ici quand ça meurt. Nous avons suivi la voiture qui montait vers le cimetière ; ils sont entrés dans le camion. Quand je suis redescendu, après le départ du frère de Roland, le bibliobus était encore là. Les enfants en sont sortis, en grappes, sautillants et affairés, les livres nouveaux ouverts entre leurs mains ou coincés sous le bras, contre l'anorak. Ils ont couru vers l'école.

Quelques parents attendaient déjà devant la grille ; ils n'étaient pas rentrés chez eux après l'enterrement ; ils feraient d'une pierre deux coups en ramenant le gamin en voiture. De toute façon, le ramassage scolaire aurait du retard : la Jeep de la commune transporte les cercueils et les enfants. On la tend de noir pour l'occasion et les sièges des passagers sont amovibles. Il faudrait bien une demi-heure pour retirer les tentures et réinstaller les banquettes. On n'avait pas envie, ce soir-là, de savoir son enfant assis à la place du mort ; surtout à la place de ce mort-là, qui l'était un peu plus que tous les autres, qui avait failli, qui avait trahi. C'était impressionnant pour les enfants. On pouvait attendre. Quelques-uns étaient au café ; de la salle on voyait très bien la cour de l'école ; on avait chaud ; on se sentait vivant.

Je me suis souvenu du nom de la bibliothécaire, Aude Cadou ; et aussi que, pendant des mois, j'avais évité la place du bourg le mardi après-midi en période scolaire. Je connaissais par cœur l'odeur du bibliobus, sa couleur, la disposition des rayonnages. C'était le lieu de Marlène, le seul où elle eût consenti à côtoyer les gens, les autres. Je ne voulais pas voir ça, revoir ça. C'est fini ; ça ne me fait plus mal. Je ne le savais pas.

Du même auteur
chez Buchet/Chastel :

Liturgie, nouvelles, 2002.
Sur la photo, roman, 2003.
Mo, roman, 2005.
Organes, nouvelles, 2006.
Les Derniers Indiens, roman, 2008.
L'Annonce, roman, 2009 (prix *Page des libraires* 2009 ; prix *La Montagne*/Terre de France, 2009).
Les Pays, roman, 2012 (prix du Style, 2012).
Album, 2012.
Joseph, roman, 2014.
Histoires, nouvelles, 2015 (Goncourt de la nouvelle 2016).
Nos vies, roman, 2017.
Histoire du fils, roman, 2020 (prix Renaudot 2020).
Les Sources, roman, 2023.

Marie-Hélène Lafon

au Livre de Poche

PAPIER CERTIFIÉ

Le Livre de Poche s'engage pour l'environnement en réduisant l'empreinte carbone de ses livres. Celle de cet exemplaire est de :
200 g éq. CO_2
Rendez-vous sur
www.livredepoche-durable.fr

Composition réalisée par Soft Office

Achevé d'imprimer en août 2024 en Espagne par
Liberdúplex
Dépôt légal 1re publication : août 2024
LIBRAIRIE GÉNÉRALE FRANÇAISE
21, rue du Montparnasse – 75298 Paris Cedex 06